JN041108

「では、皆さん……ようこそ、真なる魔王城へ」
ゲイル
魔王城の瘴気や
悪魔に興味津々な
無自覚天才呪具師。
シャリナ
鍛冶ギルドの
主である
ドワーフ少女。
モーラ
無自覚天才な
ゲイルを放っておけない
支援術士の美少女。
ギムリー
一族の悲願を叶えるため、
ゲイルを里に連れてきた
ダークエルフの少女。
Sランクパーティから解雇された
【呪具師】
～『呪いのアイテム』しか作れませんが、
その性能はアーティファクト級なり……!～

ダークエルフの始祖ミネルバと邂逅！

新しい呪具作りに挑戦！
「ふふん！　この皮膜の付与効果を調べてたんだけど、
あったんだよね－」
そう。人類の夢、超優秀付与効果である――【飛行】が!!

4

Sランクパーティから解雇された【呪具師】

～『呪いのアイテム』しか作れませんが、その性能はアーティファクト級なり……！～

著 LA軍　ill. 吉武　キャラクター原案 小川錦

口絵・本文イラスト　吉武
キャラクター原案　小川錦

CONTENTS

S Rank party kara kaiko sareta [jugushi]

プロローグ「カーラ、農業都市視察（？）に向かう」

S Rank party
kara kaiko sareta
[jugushi]

下にぃい、下にぃい……！

大量の騎馬とともに、ガラガラガラと白く美しい大型馬車が、車列を組んで街道を行く。

　カッポカッポカッポ！　ガラガラガラガラ!!

「うわ！　なんだなんだ?!」

「ひぇええッ?!　あっぶな……！　こ、こんな狭い街道を、はた迷惑な――」

そこのけそこのけ、お馬が通る――とばかりに、ものすごい勢いで街道を驀進する馬車列に、追い払われる人々が慌てて道をあける。彼らは皆農業都市へと向かう商人達とその護衛。まったく、この傍若無人っぷり……いったいどこの誰なんだか。

「……って、」

そこそこ高ランクの冒険者が一言モノ申すとばかりに顔を上げて、硬直した。

……な！　なななな、

「き、金の刺繍の王国旗だとッ?!」「げ、げぇー！　金糸ってことは……まさか王族か?!」

そこに翻るのは、王家にのみ許された金の刺繍も鮮やかな王国旗。ちなみに、銀糸で高位貴族、銅糸で騎士などの下位貴族、無地は平民の軍などである――閑話休題。

「お、おいおい。冗談だろ？　な、なんだってこんな田舎に――！　っていうか、この先って農業都市だよな？　あそこは直轄領だろ？」

「しっ！　目ぇあわせるな！　王族に睨まれていいことはねぇぞ！」

ハハー！　そう言ってかしこまる一般人をかき分けるようにして馬車列は行く。

ガラガラガラッ！

「げほげほっ。な、なんだったんだ？　王族がこんなところまで出張って来るなんて、いったい何事だ？……ま、まさか、国境がきな臭くなってるのと関連が？」

「ど、どうだろうな？　それか、とんでもない大物がこの先にいるんじゃ――」

チラリッ。……王族が外遊する理由なんてそうそうない。あるとすれば外交か視察か――戦争か。――ヒソヒソ。ヒソヒソ。

「こ、こうしちゃいられねぇ！」「おう！　早馬を出せッ、商機は農業都市にあり、だ！」

ドダダダ！　利に聡い商人が動き出すのにそれほど時間はかからなかったとかなんとか。

「はぁ……やれやれ」

外の様子を片目で見るともなしに見るビビアン。言わずと知れたカーラ姫の護衛騎士だ。

「なぁ～によぉ、ため息ついちゃってー」

ぶー……。馬車の対面に座る護衛騎士に不満顔のカーラ姫。

「今、聞きますか、今――ここ数日毎日ため息ついてるというのに……」

「だったら毎日つくなや、鬱陶しい」

まったくビビアンのせいで旅行気分が台無しだ。カーテンの隙間からチラと外を眺めれば風光明媚な景色が見え始めた。どうやら目的の農業都市まであと僅かだというのに……。

「旅行じゃねーよ」

「うっさいわねー。旅行みたいなもんでしょー」

「違いますぅー。れっきとした視察です、しーさーっ」

ぶつぶつ。

「……ま～ったく、急に農業都市に行くなんて言うもんですから、……だいたい、こんなしょうもない視察にどれだけの人員とお金が……」

「それがアンタの仕事でしょ～――っていうか、しょうもないって言った？」

「言ってません」しれっと、

「言ってるからね？　がっつり聞いたからね？……それより、もう、いい加減機嫌直しなさいよ――ほらほら、見て見て！　あれがそうよ！」

シャッ！　馬車のカーテンを開くカーラ姫。その視線の先には箱庭のような都市が見える。周囲は見渡(みわた)す限り農地農地農地農地、時々放牧地だ。

「んーーーーーーー♪」

そして、窓から流れる新鮮(しんせん)な空気に胸いっぱい。それはそれは、と～っても、

「つぁかああああ♪　田ッ舎～」

「をぃ！　めっちゃ失礼やからやめい！　あと、窓開けんなし！」

ピシャ！　スパーンッ！　護衛対象が誰かバレるだけでも面倒(めんどう)なのだ。だいたい、カーラは一度暗殺されかかってるのだから。

「むぅ。ちょっとくらい、いいじゃん。こんな田舎に暗殺者がいるわけないんだし――っていうか、さりげなく、姫の頭叩(たた)くのやめい」

「ちょっとの基準が分からんわぃ！　そりゃ、暗殺者がいるとは思いませんがね？……まったく、少しは自覚してくださいよ」

「……いやいや、さりげなく無視すな」

ＹＯＵは姫の頭叩いてるからね？　スパーンしてるからね？

「うっさいなー。いちいち細かいんですよ。だいたい、事故でも起こったらどうするんです？　暗殺者以外にも、この街道ではなんども魔物(まもの)の襲撃(しゅうげき)が――って、いだだだだ！」

「だれが、細かいで、うっさいだぁぁ！　この口か！　この口かぁぁぁ！」

相変わらずの無礼&傍若無人コンビの二人ではある。お付きの人も大変だ。

ちなみに、これはお忍び（しの）ではなく、公式訪問ではある。ゆえに、ビビアンの懸念（けねん）も致（いた）し方（かた）なしと言ったところだ。なにせ、急遽（きゅうきょ）組まれた日程のせいで、ありとあらゆるものが急ごしらえなのだ。

護衛をかき集めるのも楽じゃあないし、宿もまだまだ調整中だしね……。

「へ？　そうなの？　あ、じゃ、私——呪具屋（じゅぐや）の傍（そば）がいいわ」

「モノローグよまないでくださいよ！　あと、修学旅行じゃねーッつ～のよ！」

宿にも格式があるのッ！

「まったくもー！」

こんな急ごしらえだと、絶対に今にきっとトラブルが——……。

　ヒヒーン!!

「うわ！」「きゃああ！」

あーもぉ、ほら来たぁぁあ！——ゴンッ！

そう思ったのもつかの間、突如（とつじょ）停止する馬車列にカーラがビビアンに突（つ）っ込（こ）んでくる。

「い、いたたた。固ったー……」「もうしわけ——って、誰のおっぱいが固いねん!!」

筋肉やっちゅーぅねん!!

「いや、そこは別に何も言ってないでしょ……それより、何事よ」

「どうやら、前方でなにかあったようですね――って、『それより』じゃねーよ！　それよりじゃぁ！」

なにが、それよりじゃ！　乙女のおっぱいについてぇ、貴様ぁ！

「あーあーあー、うるさいうるさい。それよりちょっとどうしたのよ？　何があったの？」

ガラッ！

「申し訳ありません！　車列が突然……」「車列ぅ？」

訝しむビビアンの視線の先では、なるほど――確かに車列の先頭が乱れに乱れている。

ただ単に馬脚が乱れた程度ではなさそうだ。

「え？　なになに？　なに〜♪」「お前はなんでちょっと楽しそうにしとんねん」

ったく、アクシデントだっつーのに。……トラブルは勘弁してほしい。

「姫は待機してくださいね」「ちょ、私もいく――」

来んなっつの！　来たってなんもできんやろがい……。

「おいっ！」「「は！」」

パチンッ♪　と指を弾くと、ササッ！　と精鋭が詰め、馬車を固める。

「姫を一歩も出すな——用便でもだぞ」

「「ははーッ」」

「ちょ、ちょ、ちょっとぉぉおお！」

　バンバン、ドタバタッ！

　——あーうるさいうるさい。お前来ても邪魔なだけだっつの。

　剣の柄に手をかけたビビアンは、ため息をつきながら先頭へ向かうと、果たしてそこには前方でギャーギャーと口論の様相。

　あれは——カーラ姫の近衛騎士と、教会直属の神殿騎士？

「チッ……教会め。絶対トラブルが起こると思ってたところだ」

（全く、だから嫌だったんだ。護衛だなんだと託けて、教会め何を企んでいるのやら……）

　実は、急遽決まった視察に、なぜか教会も便乗して騎士団を派遣してきたのだ。

　たしかに腕の立つ護衛に事欠いていたのは事実だが、どこで聞きつけてきたやら。

　結局、紆余曲折あって、ビビアンの指揮下でと合同護衛作戦を申し出てきたので、無下にも断れず今に至るわけだが……。

「あーあーあーあー……」

　もー……。どうやらこうやら、この視察——のっけからトラブルの様相しかないことに、ビビアンは空を仰ぐのだった。

※　※　※

（まったくもー……。まずは連中から話を聞いてからだな）

バリバリバリ。予想通りというかなんというか、予期していた展開に苦々しく思うビビアンは、頭を掻きむしりながらも周囲に油断なく視線を向けつつ騎士たちの元へ。

「――貴ッ様ぁぁ、警告なしで車列を止めるとは何事か!!」

「やッかましい！　愚図が！　あ、あれが見えんのか、あれがぁ?!　なんだあの都市は！」

ギャーギャーとやかましく口論している騎士たち。

すぐそばにまで来たビビアンにも気づかない有様だ。

「おい、なにごとか！」

窓から覗くカーラ姫の視線を感じながらビビアンが詰問すると、近衛騎士のほうはさすがに飛び上がらんばかりに驚いて、敬礼で答える。

「ビ、ビビアン殿！　こ、これには事情が……」

しどろもどろの近衛騎士。……一方、

「おぉ！　ビビアン殿良いところに！　こ、ここは危険です！　し、至急引き返し、教会に神官団の派遣を要請しましょう!!」

「は、はぁ？　教会の神官団ですと？　何を突然……。今は姫の視察中につき、引き返せるはずもないでしょう。……だいたい、さっぱり要領がつかめませんが――」

いきなり神官団の派遣とは縁起でもない。

……葬式でもやるつもりか？

神殿騎士にこたえつつ、近衛騎士に視線を投げるも、そいつも事情が分からないのか首を振る始末。

「何を悠長な！　こ、この先の瘴気が見えませんか！　あの恐ろしい呪いの息吹がぁ！」

はぁ？　瘴気に、呪いの息吹だぁぁあ？

くんくん

すーはーすーはー

「ふむ……」

ピーーーーヒョロロロロ……。チョロチョロサラララララ……。ンモォ～。

「…………堆肥の匂いですかな？」

ズルゥ！

「なわけないでしょぉ、そんなわけがぁぁ！」

地団太、地団太。大興奮してハッスルする神殿騎士。

「そう言われましてもなー」

ビビアンの目には、どっからどう見ても長閑で平和な、風光明媚な農業都市――。

「ば、バカな！　アレを見てもわかりませんか。あれを！　あの冒涜的な代物をぉお！」

「……む」

アレとは――……これ、か？

　あゔゔゔゔ……。

「うぉ！　ア、アンデッド？」

ビビアンの目に飛び込んできたもの。それはざんばら髪の生首で、口の端から血を垂らした不気味な落ち武者顔――って、なんじゃこりゃぁぁあ！

「ほらぁ！　ほらほらほらぁ！　ほら見てよ！　おっかしいでしょ～！　それに、あれも、これも、あっちもぉおお！」
オ、オーケーオーケー。興奮すな。
「――それに、こ・の・石・畳ッ！」バンバンバンッ！

「は？　石畳がなにか？」すりすり。

「ふむ……精巧なつくりだな。凹凸もなく素晴らしい――これほどの石材をつくる職人がいるとは、この視察侮れんな」

「何のんきなこと言ってんですか！　見えませんか、こ、この呪われた石がぁ！」

呪い～？　どこがぁ？

地面に敷き詰められた石畳はどこまでも滑らかで、馬車にほとんど振動を感じさせないほどだ。ハッスル中の神殿騎士が叩く石畳は何の変哲もないが、まぁ、確かに奴が指さす先には頭蓋骨やらゾンビやらの首が至る所に磔にされているのは異様と言えば異様。

「ふむ。たしかに面妖な光景ではあるな――」

……だけどなぁ。

　ピーーーーーヒョロロロロロロ……。

「んー？　ま、ただの田舎の風習であろう？　多分、この辺のトレンドなんじゃないのか？　ほれ、あの通り農民たちは普通にしているぞ？」

車列で農道を塞いでいるビビアン達の前を、「ちょっと通るよー」とばかりに、数人の農民が連れ立ってノッシノッシ。

……うむ、労働は清きかな――。貴様ら、姫の御前だけどなー。

「って、バカぁぁあ！　そんなトレンドあるわけないでしょぉ！　な～んでわからないのかなぁあ！……っていうか、なんなのよ、その感覚っ！　おかしいでしょ？」

今日のぉ～♪　街の風景はぁ生首で～す♪

「……とでも、街角リポート風に言うつもりですかぁぁあ！」

ぎゃーぎゃーぎゃー！　と、さっきから煩(うるさ)いのは神殿騎士のみ。彼らはどれもこれも呪いだと言うが、ははっ。バカバカしい。

「いや、それは知らんが……。さすがに、何でもかんでも呪いだのなんだの言うのは、どうかと思うぞ？　その調子だと、なんならその辺の農民が持ってる鎌(かま)まで呪いの鎌だとでも言いそうだな――……つーか、今バカっつったか？」

　言ってません。しれー
「そ、それよりも！　ま、まさに！　まさにその通りです……――ひぃぃ！　見てください！　なんと禍々(まがまが)しい――あの鎌をぉぉお！」

「はぁ？……あの鎌だぁ？　うーむ……。なるほど、よく手入れされているな」

「いやー、今日は暑いねぇ」「まったくだー」と、談笑(だんしょう)しつつ行きかう農民たち。強い日差しによく手入れされた鎌がギラリと光る。うんうん。素晴らしきかな、労働者たち。

「ひぃっ！」

その肩(かた)にある大鎌に気付いた神殿騎士さん大ジャ～ンプ。

ビビアンに、ギュギューと抱(だ)き着いてガタガタブルブル――。

「いや、大げさだな、貴様」

「って、アホぉぉお！　どこが大げさなんですか！　ア、アンタの目は節穴ですか！　なんでわからんの？　おかしいでしょ！　なんか、変なオーラ出てるじゃん、あの鎌！」

って。あれ？……なにこれ、固い――。

「誰のおっぱいが固いじゃぁぁぁああ！――さりげなく、顔つっこんでんじゃねー！」

ゴッキーーーーーーン！

「はぶぁぁぁあ！」「ったく、付き合いきれんっ！　おぃ、全隊さっさと先に行くぞ――」

行進ッ！　ザッザッザッザッ！　ガラガラガラガラ！

ビビアンの掛け声のあと、ようやく動き出す先頭。それなりの列が突然停止したものだから隊列はグチャグチャで、しばらくはのたうつ蛇のように不格好な行軍隊形になるだろう。

それを腕組しながら見送りつつ、ため息をつく。

「はぁ……まったくもーどいつもこいつも。生首の一個や二個が柱に磔にされていたからなんだというのだ」

第一なぁ、この手の変なのはねぇ、

「――もう、見慣れてる、ちゅうーの」

そう、どこかの馬鹿娘――……。

「だれが馬鹿娘よ」

「げ」

「なんで『げ』やねん――いつまで待たせんのよー」

ひょこり顔をだしたカーラ姫。どうやら暇を持て余して護衛をかき分けてきたらしい。

「いつまで――じゃねーよ！　いつまでもだっつーの！　待ってろって言ったべ？　あーもー！」

ガシガシと、頭をかきむしるビビアンは、これ以上頭痛の種を増やさんでくれと言わんばかり。つか、いや、もー。なんなの？　馬鹿なの、死ぬの?!　アンタ暗殺対象なんやで?!

「グチグチうるっさいわねーって……。え？　なにこれ――。え、うそ……超素敵」

「は？　超素敵……って、」

あ、やば。キラキラの目で、ざんばら髪の落ち武者風の生首を見るや否や――……って、やばい！　これはやばいやつ！……ウェイト！

「YOUはウェイト！　な、な～に、柱によじ登って、生首取ってんですかぁっぁああ！」

よじよじよじ――。

「す、素敵ぃぃい！　かっこいー！　貰うー！」「ちょぉぉおおお！　も、も、も、」

貰うー！　と、ちゃうわ！　ひ、人のや！　それ、絶対人様のや！……ついでに言えば、首にも人権というかなんというかぁぁぁああ！

「あああもー！　と、とにかくやめぇぇぇ！　あああ、パンツ見えてるから！　あと、そのパンツの柄はないから――っていうか、あんた、一応姫様だからぁぁああ――だ、誰か止めろぉぉお！」

止めろぉぉぉ！

止めろぉぉお！

「あーははは、獲ったぞーーーーー！　って、あいだだだだ！　噛むな、噛むな！　噛むなぁぁあ……ＣＯＭＥオ～ン、マイホーム！」

あーもー！持って帰ろうとすなーーーーーーーーーー！

「ひぃぃい！　鎌がぁっぁあ！」「あははは！　首ぃぃ、獲ったどぉぉお！」

ああああーあーあああーあああああ！

「もー！」カオスぅぅう！　カオスぅぅう！

「お前ら！　いい加減にしろぉぉおお！」

……ッてな感じで、農業都市に入る前にひと騒動あったとかなんとか……。

そうしてこうして、その日の農業都市の町内回覧板には、カーラ姫一行、器物損壊をしながら農業都市に入る――と一面に載ったらしい。……いや、まじで。

第1話「大歓迎」

一方、その頃ゲイル一行は……。

——ギィェェエエエエン！　ダークネスフォレストに響き渡る古代竜の咆哮。

その圧倒的強者たる声には、ダークネスフォレストの凶暴な魔物も身をすくめるほどだ。

「あらあら、随分荒れてますねー」

木々の間から上空を窺うギムリー。

傍らから聞こえるその声は、声のトーンとは裏腹に深刻そうだった。

「まったくです。一体なにをしたらあんなに怒らせられるのか……」

※　注：誰かが肉親の墓を荒らして、頭をパクったせいです　※

ギムリーと同郷らしいダークエルフが苦々し気に空を見上げる。——ちなみに、ズダ袋をかぶせられた状態でゲイル達は彼らによって絶賛拘束中だったりする。

「……って、ぜ、絶賛拘束中とかのんきにナレーション入れてる場合じゃないでしょ！」

ぷはぁ！　頭を振って覆面を外したゲイル達。何が何やら——って、おおい！　めっちや縛られてるやん！

「なんやこれぇ、これじゃ身動きできんやろッ！」

いでででで！　縄が食い込んで痛ぁあ！　絶賛拘束中のゲイル達であったが、なぜか頭の上をドラゴンが舞い飛ぶ居心地の悪さのなか、グルングルンに拘束されてます。

しかも、その状態で動き回ったものだから、余計に縄が食い込んでキツイ――！

モーラに至っては、ちょ～～っと青年には刺激の強い恰好に……。

「――見てんじゃないわよッ！」ゲシッ！

「あだ……ッ！　そ、そんなつもりは――」

「じゃあ、どんなつもりよ！　あーもー……ゲイルのせいで、叫んだら余計にキツくなってきたじゃないの！　うー……胸が……紐がキツぅい！」

えー……それ俺のせい？　モーラのおっぱいが無駄にでかいせいじゃ……。

「誰が無駄よ！」「せ、せやせやッ！　ウ、ウチも胸が締まって息が――」

しーん

「……なんでシンとすんねん！」

「あはは、相変わらずカオスですねー。シャリナに至っては寧ろ楽しそうですし？　もうちょっときつく縛った方がいいかもですねー」

「んがぁあ！　どういう意味じゃ、この性悪エルフがぁ！　お前に言われたないわッ！」

「うるさいなッ！　貴様ら、少しは静かにしていろぉぉお！」ゴンッ！

「あだ！　な、殴るなよっ……っていうか、今騒いだのシャリナじゃ――？」

だいたい、お前が一番うるせぇよ！　つーか、誰だよ、偉そうだなー。

「黙れ、余所者ッ！　いらぬ事をして古代竜を刺激しおって」

「はぁ?!　俺なんもしてねぇよ！」

しーん。

「……いや、しとるがな」「頭パクってきたじゃん」「ですねぇ」

って、うぉおおおい！　女子の皆さーん?!　い、いきなり仲間を売るなよぉぉおお！

――この人、絶句してはるやん！　開いた口が塞がらないって表情にぴったしやーん！

「あ、」

あ、あ、あ、

「――あれは、お前のせいかぁぁぁあ！」

ドカァァアアアアン！――バキバキバキッ！

「ひぇえええええ！」

なになになに?!　なんかしたぁぁ?!

……それはまるで怒りのごとく！　ダークエルフの皆さんの困惑と怒りにシンクロしたかのように、突如、古代竜が樹冠をぶち割って現出ッ！

って、古代竜にバレたぁっぁあ?!

「あーあーあーあーあー、もー。大声出すからぁ」「ば、バカな！　見つかっただとぉ！」

ダークエルフの青年が腰を抜かして驚愕しているが、

「……いや、お前のせいだろっ?!」

つーか、当たり前だろ！　なんのために身を隠したんだよ！

　ゴルルルルルルルルルル――――……。

だが、そんなゲイル達の葛藤など知ったことかと言わんばかりに、樹冠をぶち破って現出した古代竜が周囲を睥睨しつつ唸り声をあげる。幸いであったのは、鬱蒼とした木々と下生えが邪魔でゲイル達の正確な居場所までわかっていないことくらいだろうか。

しかし、その幸運も長くは続かない。古代竜は、ゲイル達がここらにいるに違いないとあたりをつけたのか、キュィィィイイイン！　と魔力が奴の口腔に収束していく。

「あ、やば――」

……どうみても、ドラゴンブレス。……どうみても、最大出力。……どうみても――。

「あ、あははー、こりゃ駄目ですねぇ」「アッホォォオ！　おまえは、諦めんの早いわッ」

いやーだってねぇ。

「時にはあきらめも肝心(かんじん)ですよ」「あっほぉぉおお！」

　総員ッ！　退避(たいひ)ぃぃぃぃぃいいいい！

もはや誰の叫びかもわからない怒号(どごう)が飛んだ瞬間(しゅんかん)、古代竜のブレスが至近距離(きょり)で炸裂(さくれつ)し
──チュバァァァァァアアアン……！　と、一瞬(いっしゅん)で到達(とうたつ)した爆風(ばくふう)が全てをなぎ倒(たお)していく！

「「どわぁっぁあああああああああ!!」」

ダークエルフ達は素早(すばや)く身をひるがえし物陰(ものかげ)に伏(ふ)せ、ゲイル達は縛られたままブレスを受ける────……って、死ぬわ！

「こなくそっ！──全員、歯ぁぁぁあ食いしばったらんかーい！」ぬんっ！

言うが早いか、拘束されたまま立ち塞がったのが、男前のシャリナさん！

「女は、度胸じゃぁぁぁあ！」

どこかで見た光景と全く同じに、ゲイル達を庇(かば)って立つと、一切(いっさい)の躊躇(ちゅうちょ)もなくその背後に隠れるゲイル達……。

「「助かるぅぅう！」」「……って、おおいい！　お前ら、相変わらず躊躇せんなー！」

刹那(せつな)。チュドーーーーーン！　と、地面で臨界に達したブレスが爆発(ばくはつ)を引き起こす！

「あっち、あっち、あっっっっちぃいい！」

……ズゴゴゴゴゴゴッ！　と、それはまるで溶鉱炉ッ！

「も、燃えてる！　地面が燃えてるわよぉお！」「言われんでも分かるわーい！」

幸いにも直撃ではなかったようだが――……あっつ！　あっつ！――風も空気も全部熱ううう！

「しゃらくせぇ、鍛冶屋が熱に負けてられるかぁぁあ！」

舌ぁ噛むなよ、ゲイルにモーラぁぁあ！

「ドワーフの、パゥワーを舐めんなゴラぁぁあ！」――どっせーーーーーーい！

パワーは別に関係ないと思うが、その熱風をまさかの気合いだけで跳ね返すシャリナ！

「か、かっけぇえ！」「シャリナさんおっとこまえぇぇ！」

ひゅーひゅー♪

「アホがぁ！　何がかっこいいじゃや！　なにがひゅーひゅーじゃぁあ！　あっちぃいい」

ゴウゴウゴウ!!　と、燃え盛る炎に、溶けていく大地。そして、見る見るうちに髪の毛ボッサボサになっていくシャリナさんッ――！

なぜか脳裏に、親指を掲げて熱の中に消えていくシャリナを幻視するゲイル達――……。

「――勝手に殺すな！　誰がアイルビーバックじゃ！　戻るもなにも、どこも行くか、アホぉぉ！」あーもう!!

……ぶしゅ〜と、いつの間にか熱風が収まっており、最後に、ボフッ‼　と口から黒い煙を吐いたシャリナは、本当にあの熱風を耐えきってしまった。

「あーくそっ、服ボロボロやんけぇ」

拘束すら燃え落ちたなか、文字通りボロボロになったシャリナが頭をガシガシ掻きながらゲイル達を引っ張り出す。

「ゴホゴホッ。……ったくもー。いっつもいっつも人を盾にしよってからにぃ。男やろが、お前はぁぁぁあ！　男なら女守らんかい！」ごんっ！

「あだっ……！　い、いやー。あまりにも頼もしい背中過ぎて――」めんごめんご

ブッスー！　とした表情で腕をプラプラさせるシャリナであったが、すっかり焼け落ちた森の中で敢然と立ちあがると、ボロボロの恰好で起き上がるギムリーを睨みつける。

「おう、ギの字ぃ！……みてみぃ、一発撃ったら満足してどっかいきよったわ」

――なるほど、爆炎を背景にバッサバッサと遠くへ羽ばたいていく古代竜。

「あははー……皆さん無事で何より」

ヘロヘロになったギムリーがなんとか五体満足で這い上がる。

「何よりとちゃう！　ったく、縛ったり罵ったり、おまんとこの若い衆はなっとらんでぇ」

「いやー、ホント、重ね重ねすみません――それについてはこちらの落ち度ですねー」

ポリポリと、ばつが悪そうな顔のギムリー。どうやら、手違いがあったとのことだ――。

なにやら、本来のルートに待機していたであろう迎えとどこかで行き違いになったらしい。……つまり、ここにいるダークエルフの集団はギムリーの仲間じゃない……？

「えー……どうみても、ダークなエルフさんたちゃん」

チラッと見た限りでは、全員がギムリーと同じ黒装束だったし、なにより特徴的な褐色肌と笹耳は見間違うはずもない。だが、なるほど――なぜか全員、ゲイル達を警戒しボウガンを向けている――……って、おわわっ！

「いつまでも物騒なもん向けんな、あほんだらッ！」ゲシッ！

ようやく照準を合わせられていることに気付いてそれを蹴り飛ばそうとするも、サッと躱される。

「どうどう、落ち着けシャリナ」「そーそー喧嘩しても始まらないわよー」

「うー、がるるるるる！」

狂犬のようになったシャリナを諫めるゲイル達。……一方、

「ふんっ。頑丈なドワーフだな。……それよりも姫様、いったいどういうことですか？　なぜ、部外者を里に？」

そう言って、バサリと覆面を取ったのは、あらまぁ――イケメンエルフ。

「あーもー……、助けに来たんだか、ややこしくしに来たんだか――」ポリポリ。

「ちょうどいいですー。古代竜もどっかへ行ったことですし、こんな時になんですが、ここらで紹介しときますかぁ」

困った表情のギムリーが、いいことを思いついたと言わんばかりに、ダークエルフの青年の頭を気安くポンポン撫でると、ゲイル達に向き直る。

「え～っと、はい。この通りイケメンですが、性格のひねくれたこの子は、名をアスゲイトと言いまして――ちょっとアレなところがありますが、まぁ、若手のホープですねぇ」

は……?! こ、ここで自己紹介?!

……思わず顔を見合わせるゲイル達。つーか、若手とは言われても、エルフの青年だし、絶対年上だろう。そも、件のアスゲイト君ときたら、紹介されたとは言っても、仲良くする気などサラサラないのかムスッとした顔でそっぽを向いている。たしかに、エルフらしく二枚目なのだが、ちょっと目つきがひねくれて見えるのは初対面の印象のせいか?

「……お前らに初対面がどうこう言われたくはないわ！ そもそも姫様ぁ……もうちょっとマシな説明はないんですか？」

なんですか、ひねくれたとか、アレなとこって！

「いやー……あはは、そういうとこですねぇ、としか」

酷いな、この姫様……。

「――っと、せやせや！　それや、それ！――さっきから、おまはんの、姫様、姫様……ってなんやねん？　お前が姫ぇ？　ウチは、そんなん聞いとらんで？」

あ！　そうそう、それそれ！

「俺も気になってた……」「た、たしかに、姫がどうのって言われてたわね――」

だけど、ギムリーさんがぁ？……思わず顔を見合わせるゲイルとモーラ。しかし、

「あ、バレちゃいましたぁ？」

テヘっと悪戯っぽく舌を出すギムリー……。

「ドアホ！　バレたとちゃう。そういうことは先に言えや、こざかしい芝居しよってからに」

ガシガシガシっ。

「もろもろ説明してもらうでぇー」「説明と言われましてもー」

うーん、と口に手を当ててあざとい姿勢――。

「その言葉通りとしか……？」

え、ええー。言葉通りって言われても……。

「姫って……ギムリーさんが、マジもんのお姫様ぁ？　ダークエルフの？」

つーか、姫って、あの姫だよね？

「あはは。あの姫がどの姫かは知りませんが、まぁ……はい」

曖昧(あいまい)に笑うギムリー。どうやら否定しない様子だけど——え、えぇー、マジぃ……？

「ん～。……姫って感じには見えないけどなぁー」まじまじと——。

「……んー。ゲイルさん、どこ見て言ってますかぁ？」

げふんげふん。

「いや、その気品とかサイズ……——いだだだだだ！」

「あはは一。殺しますよー。姫のサイズがデカイとか、どこの世界の相場ですかぁ？」

いだい、いだい、いだい！　言ってない！　言ってないからぁぁあ！

「サイズがデカイとかは言ってないからぁ——いだだだ！」

ごめんって——。

※　その頃　※

「はっくしょーん！」

「ど、どど、どうしました姫⁉　急に奇声(きせい)をあげて？」

「うーん。ズルル……どこかで誰かが私の噂(うわさ)をした気がして——って、奇声じゃないわよ！　くしゃみよくしゃみ‼」

なんやねん、奇声って!!……全くも～……と、鼻をするカーラ姫。

「ははは、姫の噂する奇特な輩なんていませんて、自意識過剰ですってー」はっはっは！

「……この護衛クビにしようかしら——」

アンニュイなため息をついて、馬車の車窓の眺めに意識を飛ばすカーラなのであった。

※　※　※

「おー……いてぇ」

姫様がアイアンクローとかありぃ？

「お前の自業自得やでぇ——それよりも、いつまでも漫才しとらんで、ギの字ぃ！　おまはんが姫様いうんやったら、キチンとなしつけとけや！　こいつ等、大概態度悪いぞ」

シャリナが親指で指し示す先では、未だ敵愾心たっぷりに武器を構えたアスゲイト達。

「あはは……。まったくですね——……聞いてますか、アスゲイトぉ」

「ふんっ、こんな無礼な連中に聞く耳持ちませんな」

あらあら。

「まー。エルフっぽいっちゃエルフっぽいんだけど……」

まさに話に聞く排他的なエルフそのものだけど、なんだかなー。

「ちっ?!　我らの森を焼いておいて偉そうに——」

……いや、焼いたの古代竜だよね？

「しーっ、黙っとき！」

へーい。……って、母ちゃんかよ、モーラ――どすッ！

「ごふッ」「誰が母ちゃんよ……」

そ、そーいうとこだよ。苦しむゲイルが背中を丸めてうずくまる中、

「ふんっ。古代竜が怒り狂うのも、その炎で森が焼けたのも、お前たちが原因だろうが！」

「な、なんやとぉぉお！　黙って聞いとりゃ、好き勝手言い腐ってからにぃ！」

※　注：黙ってはいない。

「それはこっちのセリフだな！」

……ギリギリギリ！　と至近距離でにらみ合うシャリナ達。まさに一触即発なのだが――。

「あ、あはは――。ま、まぁまぁ、双方そのくらいで――ほ、ほらっ、幸いにも古代竜もどっかいったみたいですし……」

そう言って。この場をとりなすギムリーの言う通り、一発撃ってスッキリしたのか、バッサバッサと力強い羽音とともに、フォート・ラグダの方に飛んでいく古代竜の姿。

「……ふんっ。そんなものは結果オーライにすぎませんなー」

「それが大事なんやろが……！」

ま、まぁまぁまぁ。

「──ほ、ほら！　不幸中の幸いといいますか、森が焼けたおかげで道がくっきりはっきり、見えますよぉ」ニッコリ。

そう言って笑うギムリーの言う通り、たしかに煙ぶる先には、箱庭のような小さな集落が見えている──。

「えへへ。というわけで──紆余曲折ありましたが……。ようこそ、ダークエルフの里、」

──エーベルンシュタットへ。

第2話「エーベルンシュタット」

S Rank party
kara kaiko sareta
[jugushi]

ようこそ、エーベルンシュタットへ。お道化たようにお辞儀をするギムリーの背中越し——焼けた森は少しばかり高台であったらしい。その先には——鬱蒼とした森が消えうせ、突如として巨大な遺構が立ち並ぶ土地が広がっていたのだ……。

「「「お、おおー」」」

いたのだが……。

「……お、」「——おぉう？」

歓声からの疑問——思わず首を傾げるモーラとシャリナ。少し灰混じりの熱い風が吹き上げる中。生暖かい風に頬を撫でられながら見下ろしたその景色は……、

「な、なんか想像と違うわね」「せ、せやなー」

たがいにひきつった顔で見つめあうモーラとシャリナ。だ、だってなー……。

——ひゅぅぅううう……。

視線の先に広がっていたのは、木々は枯れ果て草木は黒ずむ死の大地。さらに、その瘴

気の底には無数の大型モンスターの骨が散らばる、陰鬱(いんうつ)な雰囲気(ふんいき)漂(ただよ)う古(いにしえ)の都市の跡地(あとち)——。

「え、えぇ～っとぉ……。あ、あれが、ギムリーさんの故郷？」

「ちゃ、ちゃうよなー？　あれはなんつーか、そのぉ——廃墟(はいきょ)やんな？」

どう見ても、観光地には見えない。そもそも、人が住める土地にも見えないもんね……。

うんうん。違(ちが)う違う。きっと違う——。

「い～え～♪　あれですよー。どう見ても廃墟にしか見えない、とても人が住めるとは思えないような、クッソ僻地(へきち)でド田舎(いなか)ですけどぉ」——にこぉ。

（（あ、笑ってない笑顔(えがお)だ））

失礼極(きわ)まりないシャリナ達の感想にニコニコで返すギムリー。もっとも、目はちっとも笑ってなかったけど——。

「ま、まぁまぁ——俺は好きだなー、あーいうの」うんうん。

「……アンタが好きって言ったら、逆に嫌(いや)みに聞こえるんだけど？」

「お前の好きの基準ゆーたら、墓所とか忌(い)み地しかないやろが……」

んなあぁ?!

「し、失礼な！　お、お、おおお俺だって——……、あぁ、墓所好きだけどさ！」

ただの好きじゃないぞ！　大好きだっつーの！

「ん、んー……ゲイルさんに追い打ち受けると結構効きますねー」

「ギムリーさんまでぇ?!」……なんでぇ!?　褒めてるやん！

「「それは褒めてない」」

　なんでやねん！　くっそー、どいつもこいつも――！

「ふんっ！　あのセンスの良さがわからないとは、俺――ギムリーさんの一族とは仲良くやれそうな気がしてきたなー」

「「数分前まで縛られとったがな……」」

「あはは、あれをセンスとか言う時点で、私は一生分かり合えないと思いますねー」

　えぇぇぇえ！　故郷ちゃうんかーい！

「いやいや、好きで住んでるわけでもないので――まぁ、ともあれ、あれが我らが故郷、エーベルンシュタットです」

　ドォォォォオオン……！

　効果音付きでギムリーの示す先には、広大な死の大地と、無数に散らばる遺構の群れ。そう、ここここそが旅の目的地にして――彼女らダークエルフの故郷、そして、魔王シリーズが集まるとされる忌み地――。

「そうか……。ここが、エーベルンシュタット――」

…………。

…………。

「……って、なんだっけ？」

──ずるぅ！

「「「──うぉぉおい！」」」

盛大にズッコケるモーラ達。とくにギムリーのコケっぷりといったら、もぅ……。

「い、いたた……。げ、ゲイルさ～ん？　ほんの少し前に話したばかりじゃないですかぁ」

「いや、おま！　いやっ、お前本気かぁぁー?!」……頭、疑うぞ?!

「……そ、それ以前に、お伽噺でも有名でしょ！」

えっ？　へ？　なに？

「……え、あ。あ、あぁー。あれな、あれ！」うんうん、多分アレ……──。

「……これ、分かっとらん奴の顔やでぇ」「うっさいな、知ってるわーい！」

あれだろー。なんか、お伽噺でいうところの、勇者に倒されたあれ──魔王の居城があったと言われる、あれだろー。

「あれが多いねん、お前は──ったく、呪具師なら知っとけや！」

「なっ！　じゅ、呪具師関係ないだろ！」

いやいや……。

「あのーですね。アナタをわざわざ連れてきた目的忘れてませんか？……そもそも、こーゆー土地を見たらアナタなら喜びそうなんですけど」

「喜ぶ？　あ、あー……。確かに、瘴気の気配がするねー。うん、いい瘴気だ」

「……マイナスイオンみたいに言うなや」

うるさいよ、シャリナ。

「いやいや、瘴気のことじゃなくてぇー」「え？　他になんかあったっけ……？」

ほらぁ、見てくださいよー、とばかりにギムリーが指し示すのは、巨大な遺構群……。

「え、えー？　瘴気以外になんかあったかなー？」

え～っと、当初の目的って言ったら……。

『魔王シリーズ。もっと欲しくありませんか？』

妖艶な笑みとともにそう言ったギムリーの言葉が脳裏に過る。

「……あっ」

あぁー!!　そっかー！

「おまえ、忘れとったんかい……」

――ポンっ。

「魔王のお城があったってことは！」「イエス！――それ！（多分）」

うん！　わかった！

「デザインの最先端――」

ずるぅ！

「「なんでやねん！」」

ハモったわ！　思わず、全員ハモったわ！

「え？　だって、このシリーズでしょ？」ゴソッ。

「……って、ぅーおおおおい、おまっ！　そ、それ持って来とったんかーい！　つーか、そんな危険なもんを、財布(さいふ)みたいに適当にポケットに入れんなアッホー！」

ズォォォオオオン……。　ズォォォオオオン……。

「し、しかも、何か出とるやんけぇ！」

――色々出たらあかんもんが、出とるやんけぇッ!!　シャリナの叫びのごとく、魔王シリーズこと、『魔王の心臓（1／6）Bis』がうなりを上げる。

「ありゃ、ホント。なんかいつもよりハッスルしてる？」

「何が『ありゃホント』じゃ！　お前の頭こそ、ホントか！」

うるさいよ、シャリナ。……だけど、ふむ。これって、漏(も)れてるのかなー？

「漏れてるのはアンタの常識よ！　なんか、しょ、触手が出てるしー！」

いーやー！　ニュルニュルしてるー！　のーろーわーれーるぅ～！

「もーうるさいよモーラ。だいたい皆も大げさなんだよ。ちょっと呪われるだけじゃん？」

「……ちょっと呪われるってなんやねん。お前しか使わん語群やっつの！」

「うるっさいなー」

シャリナとモーラがマジでうるさいので、軽く調整してポッケにしまうゲイル。

「――ほら、これでいい？」

「いや、だからポッケに……。ま、まー、ゲイルさんらしいですねぇ。あはは……」

さすがに乾いた笑いしか出ないギムリー。……っていうか、

「あー。『魔王の心臓』――どこに管理してるのかと思ったら、持ってきてたんですねー」

「そりゃ、自信作だし」ドヤァ。

「ドヤ顔する意味わからないんですが。あと自信作をポッケにって。ま、いいんですけど」

あと、ゲイルさん……。

「もしかして……もしかしなくても、『魔王シリーズ』を有名ブランドかなんかと勘違いしてませんか？」

え、違うの？

「違うわ！　アッホォ！」

「――っていうか、ゲイル、あんた！　『え？　違うの？』って顔しないの！」

「え、違――」

「そして口にも出さない！　全く、なんで世界を恐怖に陥れた魔王がデザイナー扱いなのよ」

む、むぅ……。

「――だって、いいセンスだし？　それに、皆シリーズっていってるじゃん。なんか、こう……魔王セレクション的な……って？」

ぐぃぃぃぃぃ!!

「わわっ！　な、なんすか、アスゲイト……さん？　服を掴まないでほしいんですけど――」

「――き、き、き、」

……き？　見れば近距離にアスゲイトの顔。って、ちっか！　顔近ぁぁ！　&イッケメーン！

「――じゃなくて。ちょ、な、なになに？　え？　なに？　怖いんですけど！　なにこの人、マジ怖いんですけど――！　あと、近い近い！」

だいぶ近いよー！　超近いよー！　男同士でこの距離感はやばいですよー。

あとさー、目！　目ぇめっちゃ血走ってるし、鼻息荒いので大変怖いですよー！

「きき、貴様ぁぁ……」

「何よ⁈　ほぼ初対面で貴様とか失礼すぎん――て、なんすか？　ちょ、それズボン！」

――ぐわしっ！

「き、貴ッ様ぁーーー！　そ、そ、そ、それをどこでッッ！」

「ちょ、ちょ、ちょぉぉおお！　脱げる、脱げる！　あと、お前がどこやねん⁈　ど、ど〜こ掴んでんのお前ぇぇ！」

ズボン、ズボン！　それ俺のズボンだからぁぁ――いやぁぁ、脱がされるぅぅう！

「ば、バカな！　馬鹿な！　馬鹿なぁぁああ！　そ、そ、それはまさか！」

知らん知らん、知らん！　っていうかぁっぁあ〜！　バカはお前だぁぁあ――！

「って、ちょぉっとぉお！　あっ♡　どこ鷲掴みにす……どわああああああああああ！」

あ〜れ〜！　ぬーがーさーれーるぅう！

「女性陣ヘルプ！」へるぷみー！

「きゃ！」「ひぇ♪」

……って、おおおい！　なにだ、「きゃ」に「ひぇ♪」だッ！　そうじゃねーだろ！

お前らのキャラは⁉　な〜に顔隠しながらも指の隙間から見とんねん！

そして、シャリナぁぁぁあ！　お前はいつものパワーで止めろや、ボケぇ！

「い、いやぁ～♪　ウチは自由恋愛推奨派やでぇ、エルフの兄さん×ゲイル――ありやと思うでぇ」うんうん
「うんうんじゃねーよ、アホぉ！　ちょー……お前、マジで放せッ！」

何がありじゃ！　あるか、ボぉケっ、殺すぞ！

「あーもー！　なんなん?!　ってか、ギムリーさんも何とかしてよ――あと、おまっ！　ち、ちっから強ぉぉおお！」

破れる、破れる！　ズボン、ズボンが裂けるぅぅ！　パンツも破れるぅぅう！

「あ、あー……そういえば、ダ、ダークエルフは性に奔放だって聞いた事あるわね、コホン。でも、ゲイル、そういうのは夜になってから――」

この、ボケが！　な･に･が、夜じゃぁあ！　冷静に分析しとる場合か、モーラの助が！

「いいからそれを見せろ！　出せ！――どうしてそんなに小さいんだ！」

見せるかボケ！　出すかアホっ！　ボロンっせぇってか?!　つか誰かコイツを止めろ！

「…………あと、誰が小さいねぇぇぇええん！――……平均だっっつの！」

「ちょっと、ちょっと……！」

あ、ギムリーさん、ようやく止め――。

「モーラさん、その『性に奔放』ってなんですか？——誰がそんな嘘くさい噂を……」

……って、そこじゃねぇぇぇぇえ！　あと、性に奔放って、この状況じゃ言われてもしょーがねぇだろうがぁぁぁあああ！　ああああああああああ！　もーーーーーーーーーー！

※　※　※

「……も、申し訳ありません、姫様ッ。つ、つい興奮してしまって……」

「ついですむか、ついで！——あと、興奮したからって脱がすなッ」

すぱーん！　と、顔面蒼白で膝をついて謝罪するアスゲイトの頭を叩く！

「あ、いだぁ！　何すんだ、貴様ぁ！」「うっさいわ！　ド変態ッ！」

あいだぁでも、貴様ぁ——でもねーわ！　全部、キモいっつーの！

「あ〜らら、アスゲイト怒られてやんのぉ。そぉんなに『魔王の心臓』が見たかったんですかぁ？」ニコォ。

いやいや、お前もや。

「茶化す前にギムリーさんも止めてくださいよ！」

——お前の同族のせいでこっちは貞操の危機だったんだわ！　つーか、アスゲイト！

てめぇ、まずは姫様の前にゲイルに謝れ！　全力で謝れ！

「ス、スマン。その……お、思ったより小さくてな——」「——誰が小さいねんッッ！」

「そこツッコむとこちゃうでぇ」

うっせぇ！　男には大事なの！

「いやいや、ゲイルさんのモノの話じゃなくて、『魔王の心臓』の話ですからぁ——ま、ちょうどいい機会ですし、アスゲイト達には話しておきますか」

モノ言うなし。……なにがちょうどええねん。泣くぞ。むせび泣くぞ！

「あはは、まーまー。里までのついででいいじゃないですか」「良くねぇよ。あ、ちょ！」

——ひょい♪　とな。軽い調子で、ゲイルのポッケから魔王の心臓を取り出したギムリーはそれを指の上でクルクル回しながら言う。

「さーて、皆さま。お立会い——。ご覧の通り、我らが悲願の一つ——『魔王の心臓』はここにありますが……」

——いや。ありますじゃなくて、それ俺の……。

「お、おぉ!!」「やはり本物か」「さすがは姫様だ……」

　ざわざわ！　ざわわっ！

動揺（どうよう）するようにさざめくアスゲイト達と愉快（ゆかい）な仲間たち——……って、

「——だから、まず俺の話を聞けよ！……聞いてよ！」ねぇ、聞いて！

そ・れ、

俺・の！

「で・す・が。ま、見ての通り、これは欠片なんですよね。サイズもそういうわけでして」

「「「な、なんだとぉぉおおお?!」」」

「か、欠片？」「ど、どういうことだ！」「なら、他の欠片はどこに……?!」

ゲイルを完全スルーして盛り上がるダークエルフ達。

「ばかな！　あの『魔王の心臓』が欠片にだと?!　だ、誰がそんなことを！」ジロリッ！

「いや、睨まれてもな……」それやったの、俺じゃねーし。

「そりゃー、もー。やったのも、残りも、ぜ〜んぶ帝国に決まってるじゃないですかぁ」

……え？　そうなん？　つーか、帝国??

「く！　やはりそうなのか！　て、帝国めぇ、なんという……なんという冒涜をぉぉお」

えー。納得しちゃうのぉ？　つーか、ゲイルさん初耳なんですけどぉ……。

そんなゲイルを差し置いて一人歯噛みしていたアスゲイトであったが、ふと。

「……ん？　待てよ。い、いやいや、待ってください姫様！　おかしいですぞ？　か、彼の帝国から、我らがどうやっても奪えなかった魔王の心臓が……『欠片』だけとはいえ、どうしてここにあるのです？」

「あー。やっぱ気づいちゃいましたぁ？」「いや、気づくでしょ?!」

当然の疑問だろう――というか、気づかないでかッ！

「まぁ、ですよね～。んー。……早い話、これが今回の帰郷理由ですねぇ。ついでに言えば、アンタたちに教えなかったのも、それが理由ですよー。どーせ、知ったらすぐに取り(盗み)に行くでしょ？」

「え？　それも聞いてないけど――」

なんか、魔王シリーズくれるとか解呪してくれって話じゃなかったん？　つーか、なに？　持ってることばれてたら、この人らがウチに来るとこだったの?!……こ、怖ぁッ！

そんな、人を見たら縛っちゃうような奴(やつ)らが、物騒な恰好でウチ来んなっつーの！

「そもそも……、何度も言ってるけど、それ俺のだからね」

大事な大事な売り物ですよ！　タダじゃあげないのよ!!

いい?!　それ、俺の!!――アイ・マイ・ミー・マイン！　アンダスタンッ？

「ぬ、盗むとか人聞きが悪いですぞ、姫様！　我らとて、一族のために……――って、さっきからごちゃごちゃ煩(うるさ)いな貴様ぁッ！――俺の、俺のって――。これがお前のものだというのか！」

「だから、そー言うてるやん」「は？」

……はぁぁぁあ?!

「なにを……言っている？……こ、この、魔王の心臓が、お前のものだとでも？」

「だから、そーだって言ってるだろ‼　しッつこいな～……」

「……バ、バカな！　何をふざけたことを――！　貴様は、ただの人間だろうが！」

知るかよ！　その通りだよ、どこからどう見ても人間だっつーの！

「まったく、マジで失礼な奴だな――お前は……」

返せッ！　とばかりに――ギムリーからやや引ったくり気味に『魔王の心臓（1／6）』を奪い返すと、さっさとポッケにしまうゲイル。

「ちょ！　貴様――バカか！　そ、そんなものを、たかが人間が素手で――……」

あぁ？　なによ？

「……もしかして、欲しいの？……これでいいんだったら？　売るよ？　そもそも売り物だし、ちゃんと買ってて大事にしてくれるなら、全然いいよー？　こうみえても、ウチの目玉商品なんだぜ」……へへへ。やったぜ。

まさか出張先で呪具の良さが分かる人に出会えるなんて――オマケしちゃおっかなー。

「……は、はあああ⁉　ちょ、ちょっとまて――」

ヨロヨロと顔をあげるアスゲイト。

「ん？　なに？　やっぱやめとく？　たしかに、まだ具体的にはいくらって、決めてないし」……安くはないよ？　なんせ一品物だし、まず量産してからでもいいかもー。

「め、目玉……商、品——だと？」

ん？　うん。

「ま、魔王の心臓が？」

イエス。

「お、お値段……未設定？」

オフコース。真心は……プライスレスでーす。

「キラーン♪」

「ま、ごころ…………。あっ、魔王の心臓なだけに？」「いや、そこは別にかけてない」

…………って、

「ん、んなぁぁあああああ！　貴様、魔王の心臓売るってかぁぁぁあああああ！」

メギャーン！

「うわ、ビックリした！　な、なんなんこの人——いきなりキェェエとか、うるさっ。

……ギムリーさん、この人大丈夫——」いや、まじで色々と——。

「んー。色々と言われると、色々ダメですねー」

「だよね……。ちょっと怖いし。なんか、テンション高いし？」「高くないわぁぁあ！」

いや、高いって……。

「あははー。愉快でしょー。これでも、里では一番の実力者なんですけどねぇ」

これがぁ？

「これ、言うな！」

「だって、未だに、むがー！　とか空に向かって吠えてるし……」

「むがーとは言っていない、むがー！　とはっ」むがー！

「いや、言っとるやん」

「言っとるなぁ」「言ってるわね」「言ってますねぇ」

「やかましいわッ！　言わないでか!?　言うわ！　言うに決まっとるわ！　むがーだッつーの！　わ、我らが数百年探し続けた最重要の品だぞ！　かの帝国の中枢にして、手出しできない宝物庫の奥にある、この魔王の心臓が……プ、プ、プ、プライスレスだとぉぉお！」

……いや、そこまでは言ってないしー。

「値段未設定なだけだっつーの――そもそも貰いもんだし」

「は?!　な、な……ま、魔王の心臓貰っただぁぁあ?!　だ、誰から!?　し、しかも、欠片だけとはどういう了見だ！　お、恐れ多くも、魔王シリーズだぞ?!　い、一体、いったい誰がこんな冒瀆をッ！」

いや、知らんがな。もとからこうだった、つーの！
そもそも冒涜ってなんやねん？　既に、め～っちゃ改造したけど？

「……なんなら一回分解したよ？　たくさん量産化したいし――」

「量産はすな」

うっさいよ、シャリナ。

「たくさんはやめて――」

うっさいですよ、モーラの助。

「……――っていうか、改造したのはお前かぁッ?!」

「うわッ！　急にこっちに来んなよ！」

びっくりした――犯されるかと思ったやんけ！　乙女ポーズでズボンを押さえるゲイル。

「犯・す・か、アホ！……もう、脱がさん！」「もうって、なんだよ、もうって！」

やっぱ、さっき脱がす気まんまんだったんかい！

「だ～まれ！　痴れ者がぁ！　何が改造だ！　何が量産だ！　き、貴様は、これの価値がわかっていない！　こ、これを手にするため、何人の手練れが帝国の地に消えたと思っている！」

「え、いや、知らないけど……。そも、分割したのは俺じゃないしー」

価値はまぁ、うん、わかるわかる。このデザイン、確かに値段をつけがたい。うんうん。

「うんうん、じゃねーわ！　デザインの話はしてない！　デザインの話はぁぁ！　き、貴様――これがいかに呪（のろ）われた代物（しろもの）か、知らぬのであろう！　いったい、コイツがこれまでに何人の命を吸い、魂（たましい）を食（く）らってきたと思っている！　常人なら、触（ふ）れるだけでも命を落とすのだぞ！　そ、それを平気でポケット、など……に」

………え？

「え？　あ、あれ？　ポ、ポケッ……ト？」

「な、なんなんだよ？　さっきからもー」……この人こわーい。

「いや、だって――え？　ポケットに魔王の心臓？」

そこで何かに気付いたのかアスゲイトがふと顔をあげてそのままゲイルのズボンを――。

「ちょわぁああ！　な、な、何すんのこの人ぉお！　脱がさん言ったばっかりやん！」

「な、なぜ呪われていない！　なぜ貴様は生きている！」「はぁぁぁ?!」

失敬だな、君はっ！　ＹＯＵは、ほぼ初対面の人に死ねってか?!　しばくぞ！

「……っていうか、ズボン脱がそうと、すなッ！」「いや、だって……」

だってもそってもあるか！　なんで「だって脱がす」って発想になるねん！

「ズ、ズボンに何か特殊（とくしゅ）な仕掛（しか）けが？」「ねーよ！　機能性重視だよ！」

「な、なら……なぜ、呪われていない？　欠片とはいえ、ま、魔王シリーズだぞ！」

触れる者の命を奪い、激痛とともに魂すら焦がし、その身ごと食らうとされる――――。

「いや知らんがな……。そりゃ、解呪したからに、決まってんだろ」「な?!」

か……。かい、じゅ？

「――……あ、怪獣？」「いや、解呪だっつの！　誰が怪獣だ！」

もー。コイツ、失敬にもほどがなーい？

「あはは……。ほーんと、愉快な子でしょ～。まぁ、そうなるのも仕方ないですけどねぇ。私も最初はあり得ないと思っていましたからぁ――」

……じっさい怪獣みたいなもんですしぃ、ボソッ。

「なんか言いました？」「いえいえ、なんもー」

しれー。

「しかし、姫様。魔王シリーズですぞ。それを人間が解呪など――はっ！　まさか、偽物」

「……――それを、私が見間違うとでも？」

スゥ……とそこだけは空気を凍らせるような雰囲気で睨むギムリー。

「し、失礼しました……！　で、ですが、その――」

どうやらヤバい一言だったらしいが、すぐ見間違いかと思うほど、空気が戻る。

しかし、それでも食い下がるアスゲイトに、

「やれやれ。まぁだ納得しませんか、私は十分過ぎる資格だと思いますけどねぇ…………

長老はどう思いますかぁ？」

そこまで言ったとき、スッと一歩引いて、ゲイルに振り返って首を垂れるギムリー。

「へっ？　俺？」

急に視線が集中してビックリなゲイルさん――って、あ、後ろ？　後ろに誰か……。

「うむ、そのあたりでよかろうアスゲイト……」

ガサ、ガサッ！

突如、わずかに残った下生えをかき分けて現れたのは、複数のダークエルフを伴った壮年のエルフだった。……うわっ、いつの間に？

「ちょ、長老⁉」ザザッ！

ゲイル達への態度とは打って変わって畏まったアスゲイトが片膝をついて敬意をしめす。

「なんや、偉いさんの御登場かいな？」「そうみたいだね」

アスゲイトをはじめ、ダークエルフの若手（？）が全員ひざまずくほどだ。

「うむ。……アスゲイトも長旅ご苦労であった――帰って来て早々、大変であったな」

鷹揚に頷き労う『長老』さん。名前からしてトップの人間なのだろうとは察せられる。

「もったいなきお言葉――しかし、その……」ちらっ。

「ふむ……。ギムリーとその一行のことは、こちらが把握しておる。お前に明かせず済まなかった。何分、危急のことでな」

「はっ。そうでありましたか。……で、あれば自分から言うことは特に――」

特にじゃねーよ。特にあるわ！　いきなり縛ったり殴ったり、ズボン脱がしたり――！

「脱がされてはいないし、半分はアンタのせいでしょ」「うるさいよー」

しかし、なるほど。どうやら、出迎えは別に用意されていたが――入れ違いで、外から帰って来たアスゲイト達とたまたま遭遇してしまったということらしい――。そりゃ、話がかみ合わないわけだ。

「ごほんっ。――外の方々よ。……色々不手際もあったようで、誠に申し訳ない」

色々ありすぎだけど、まぁ。

「い～えー。おかげで助かったところもありますし――」

ズボンは脱がされたけど、古代竜に追われていた時に助かったのも事実。縛るのは、まあやりすぎだとは思うけど――。

「ふむ……。それについては、あとから二人ともコッテリと絞っておきますゆえ。どうかご容赦を――」ジロリ。

深々と頭を下げる長老が鋭い目つきでギムリーとアスゲイトを睨む。

「わ、我もですか?!」

「あははー。すみません、ちょっと近道しようとして間違えちゃいましてぇ」てへ、ぺろ。

「てへぺろで済むかい。……お前が間違えたせいで、一万人のゴーストに遭遇したり、古代竜に焼かれたけどなぁー」

「おまけに、ダークエルフに縛られるちゃうし!」「――俺はズボン脱がされたぞ!」

「だから、脱がしてはいない!」

むがー! と声を上げるアスゲイトを全員でスルー。

「はっはっは、それよりもよく無事だったのー。まぁ、森の一個や二個で済んでよかった」

「す、すみません……このバカが、本当に――」

えぇー。モーラさんそこ謝っちゃうの?!

ゲイルさんのせいみたいに言われても困るんですけど――……。

「半分お前のせいやろが……にしても、さすがはダークエルフやのぉ、森が燃えたのを一個や二個ゆーて、笑って済ませよるとは」

「なぁに、我らの営みとて、森を焼くことはある。……どうせ数十年もすればすっかり元通りよ。若者が気にすることではない――」

わーお、時間感覚が狂うわ。……数十年を気にもしない――。

「………って、ちょ～っと待って待って！　皆待って！　な、なんかシレっと、俺が放火犯っぽく言わないでよ⁈　俺、燃やしたりしてないからね⁈」

アレは古代竜がやったんだからね⁈　さりげな～く。ゲイルさんを勝手に犯人にしないでくれるぅ⁈『エルフの森を焼く』とかいう、そーいう実績解除しなくていいから！

「――半分当たりやんけ」「……ゲイルが原因だしねー」

ちょっとぉ、君たちぃ！

「まぁまぁ、不可抗力ってことでいいじゃないですかぁ――」

よくねぇよ！　人を放火魔扱いして放置とかないでしょ！

「それよりも、おう――……流石にそろそろ疲れたでぇ。立ち話も悪ぅはないが、ええ加減、おちつくとこ案内してくれてもええんちゃうか？」

それよりじゃねぇ！　なによりだよ!!　つか、シャリナさん、マジ強気。尊敬するわっ。

「くっ。貴様――長老に向かって……」

「よいよい、アスゲイト。……おぬしは少し血の気が多すぎるぞ」

「し、しかし――」「よいと言っている――」

コホンッ。

「――では、お嬢さん方、事情はギムリーから聞いておりますゆえ、まずは里へとご案内しましょう。……何分、ここも安全とは言い難いですからのー」

　ギェッェエエエエン……！


長老の言葉を裏付けるように、未だ遠くから、あの古代竜の鳴き声が響く。

そして、どこからともなく、ブレスから続く破壊音が――……ドカンドカンッと。

「あー、あの様子だと、どうやらフォート・ラグダとドンパチやってますねー」

「やってますねー……って、そんな屋台みたいに」

「あはは、派手さと気軽さでは似たようなもんですよー」

「「似てねーよ！」」

悪びれないギムリーに額を押さえるゲイル一行なのであった。

それから小一時間して、ようやく巨大な遺構の跡にゲイル達は到着していた。

「もう少し近いかと思っていたが……巨大すぎて距離感が狂ぅとったでー」

はぁはぁ、ぜいぜい。

「ほんとデッカイな」「同感……」

肩で息をするゲイル達。さすがに疲れた――……ゴールが見えない徒競走がこんなに疲れるなんて思えないじゃん。

「あはは、凄いでしょ」

「せ、せやな……デカさといい、この素材といい――たしかに凄いな」

……素材？　訝しむゲイルの目の前で、コンコンッと、遺構の素材を手に取り叩いて音を確かめるシャリナ。

「あ、ほんとだ」「固いし、軽い。……見たことない素材やでぇ」

ゲイルも交じって、ダークエルフの集落そっちのけで、コンコンペタペタ。

「ちょ、ちょっとやめなさいよ！　見られてるわよ……！　は、恥ずかしいわね、もー！」

ざわざわっ！　ざわわわっ！

相変わらずの技術バカ二人は、集落中から視線が集中しているのにお構いなし。

「ええがなええがな、ちょっと見とるだけやがな――先っちょだけ先っちょだけ」

「そーそー、減るもんじゃなし」

何が先っちょだけよ！　まったくもー。呆れた様子のモーラに、苦笑いのギムリー。

「あはは、シャリナってば目の付け所がいいですねー」

「なんや？　褒めても何もでんぞー」ウケケケッ。

「いえいえ、さすがはシャリナですよ。実は、これらの素材を使っての鍛冶が主な収入源ですからねー。希少材料なので少しずつ市場に流したりしてますよ。他にも、昔の遺構を使った錬金もできますし――」

へー。遺構がそのまま建材だけでなく、鍛冶錬金にもつかえるのか、そりゃ凄い――。

「って、ちょ、ちょっとまて！　ギの字――……希少って、これが？　確かに、見たこともない素材やが――…………って、まさか！」

「えへへ、気づきましたぁ？」

「こ、これ……ま、まさか、おまッ！」

シャリナがワナワナと震えて、他人の家になっている遺構に手を付けると、

「お、お、お、オリハルコンってこれかぁあ！　も、もらうで――少しぃ！」メリメリ！

「ちょ、ちょちょちょー！　な、ななな、なにやってんのよ！　それ人の家でしょぉお！」

「ええがなええがな！　先っちょだけ先っちょだけ!!」

何が先っちょよ！　ええわけあるか！　つーか、ゲイルも見てないで止め――……って、

「お前は、お前でなにやっとんねーん!!」

「え？　いや、地面から瘴気が噴き出してるから、採取してるんだけど？」

「――アホぉおおおお!!」

何を当たり前の顔して、人様の軒先から出てる蒸気を瓶詰しとるねん!!

「蒸気じゃないよ、瘴気だよ？――正気ぃ、モーラ？」

「何もかけてないし、なんも面白くないわ!!」

……って、ほらぁぁ！　好意的だった長老さんもちょっと顔険しくなってるわよ！

アスゲイトなんか、抜刀しそうよ?!

「大げさだなー。瘴気なんて減るもんじゃなし」

「減る減らんの問題じゃないの！　常識の問題なの！　あと、私のストレス耐性はガンガン減ってるのぉ！」

なんで、初めて来た人様の故郷で、壁引っぺがしたり、軒先で空気集め出す奴の面倒見なきゃならないのよ！　あーもー！

「いい加減にしなさーい!!」ゴンゴンッ!!

※　※　※

「あはは、モーラさんも大変ですねぇ」

「他人事じゃないわよ。アンタもちょっとは手伝いなさいよ！」

「いやー、珍獣は見るだけでお腹いっぱいですぅ」

シャリナ&ゲイルの首根っこを掴んで引き摺るモーラ。ほっとくと、二人して何しでかすかわからない。しかも、普段はセーブ役のシャリナがこの状態だ。

「ったくもー！　自分で歩く！」ポイッ！

「ほかすな！」「いってーなーもー」

もーじゃないわよ！

「あーもう、ほらッ、皆に見られてるわよ！」

集落中のダークエルフがゲイル達に注目。外から人が来るのが珍しいのかもしれない。

「ははは、娯楽のない里ですじゃ、悪気はない故――許してください」

「いや、むしろこちらこそすみません……」

しゅーんと縮こまるモーラ。……だって、こいつ等ときたら全然反省してないし――。

スパン！

「いったー！」「いったーじゃない、言ってるそばから変なもん拾わないッ！」

さっそく落ちている大型の魔物の骨をいじり倒しているゲイルのケツにケリをいれる。

「はっはっは、賑やかなのはいいことです――。さて、こちらです。……里の者の目は一先ず気にしないでくだされ」

そう言って深々と頭を下げる長老に案内されたのは集落の中ほどにある頑丈なつくりの建物――集会所のようなところ。どうやら、だいぶ気をつかわせているらしい――。

「い、いや賑やかっていうか……ほんと、すみませんー」

「なんのなんの」そう言って苦笑する長老であったが、里の雰囲気はどんよりしているのに、これだけやかましい連中がやってきたら隔離もしたくなるだろう。

「わっはっは。そういうわけでもないですぞ、まぁ、我らの里は御覧の通りの有様です——この建物以外は、慣れない方々には少々危険と言えば危険なのでしてな」

なるほど。長老が言わんとすることは、里のあちこちにある瘴気だまりのことだろう。

普通は墓所の深いところなんかにある呪いの空気がここには満ち満ちているのだ。

「……これでも昔に比べればマシになった方ですじゃ」

長老曰く、千年前——魔王が滅ぼされた直後に、さらに汚染が進んだという。なにせ、瘴気を消費していた魔王がいなくなったのだから、当然のことだろう。地下から噴き出す瘴気は瞬く間にダークエルフの里を覆いつくし、外にまで広がらん勢いであったという。

「それを抑えるために安置されたのがかの魔王の一部であった『魔王シリーズ』ですじゃ」

思いがけず語られる歴史。どうやら、魔王亡きあと、世界中に散逸したとされる魔王シリーズがこの地に残されたのにも理由があったらしい——。

「……とまぁ、堅い話はあとにして、まずは里をあげて歓迎させてください——」

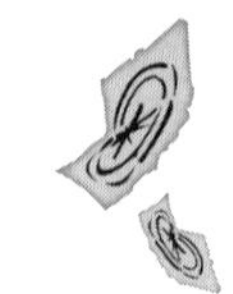

第3話「ダークエルフの事情」

S Rank party
kara kaiko sareta
[jugushi]

わいわい。がやがや！

「な、なんやなんや？」「す、すごいご馳走――」

長老に言われるままに案内された先――もとは魔王城の一部であったらしきそこは、堅牢なつくりで瘴気を寄せ付けない構造になっているらしい。

そして、ちょっとした広間のようなところには、車座になって座るスタイルで、クッションがぐるりと円を描いて配置されている。……そこに次々に運ばれるご馳走の数々。

「え、えっと――」

「まま、お好きな席におかけください。むさ苦しいところで申し訳ないですが――どうか、ひとまず旅の疲れをお取りください」

深々と頭を下げる長老と、そのお付きの者達。そして、内部の窓は少ないが、それらを補って余りある照明が煌々と灯り、床に並べられた食材をキラキラと照らし出す――。

「お好きな席ったって……」

どうする？　とばかりに思わず顔を見合わせるゲイル達。……これは、毒は入っていないというアピールだろうか？　それとも、ダークエルフ流の宴会スタイルなのか？

判断がつかずまごまごしていると、

「お！　歓迎会なんてかった苦しいのは御免やが、飯なら歓迎やでぇ！」

グルグルと腕を回すシャリナが舌なめずり。おいおい……なにと戦う気だよ。

「えーえー。シャリナもお疲れ様ですぅ、ちゃんとお酒もありますよぉ」

「おー。ギの字にしては気が利いとるやんけ、ほなら遠慮なく！」

モミモミとご機嫌を取る様にわざとらしく肩をもむギムリーに気をよくしたシャリナが、ズカズカズカッ——ドカ！　と言われるままに腰を下ろす。

「……さ、さすがシャリナ」「同感……」

物おじせず、ゲイル達の先頭に立つシャリナが遠慮なしに腰掛けると、自然とそこを中心にゲイル達も腰を下ろす。ギムリーの案内もあるし、別に危険はないだろう。……多分。

「はは！　そう緊張なさらず——森の外の話など聞かせてくだされ」

「そんなんギの字に聞けや——」

「はっはっは。この子は、淡泊でしてな——外の人の視点で話を聞いたほうがなお面白い。ドワーフの女傑ともなればなおのことです……まま、まずは一献——」

「ほうか？　おおきにおおきに。遠慮のういただくでぇ」

隅にも置けない様子で、お酒の入ったグラスを差し出されると、一気に呷るシャリナ。

「────ッッッカァ～～～!!」

ガンッ！

「うまぃ！　こらぁ、旨いでぇ！　このエルフ酒ええのぉ────ドワーフ冥利につきるでぇ」

ぶふぅっ！　と、口回りを拭って一気に飲み干すその仕草に、ゲイル達も苦笑い。

デ～ッカイジョッキが一瞬にして空っぽだ。

「……だ、大丈夫そうね」「そ、そうだな」

どうやら遠慮の二文字などシャリナにはないらしく男前な仕草で出された料理を次々に平らげていく。そのおかげで知らない場所にも緊張感なく入れるのは大変ありがたかった。

「じゃ、じゃあいただきます」「いただきま～す」

そ～っと、手を伸ばした先には、巨大な鳥の丸焼き。他にも毒々しい色をした蒸したヤシガニや、極彩色の果実。あとは何の肉かわからないが、ソースをかけてコッテリ焼かれたそれ。……色合いからして、一見して、ちょっと手を付けるのをためらいそうになるが、健啖っぷりを見せつけるシャリナを見るに問題はなさそうだ。

「……あ、うまっ」「おいしッ」

見た目以上に繊細な味のカニや、鶏肉。さらには、つけあわせの果実がその脂っぽさを中和してかなりうまい！

「……ったく、お前らも何警戒しとんねん――。ギの字の里やで？　わざわざここまで連れてきて毒なんか盛るアホおるかいな」

相変わらず物怖じしないシャリナがはっきりと言うので、モーラもちょっと困惑顔。

「べ、別に警戒していたわけじゃ――」ね、ねぇ？

「ん？　うまいよ」「あ、はい」

まぁ、ぶっちゃけ警戒はしていたけどね。一口食べた後のゲイルの、無警戒っぷりを見て、自分がバカバカしくなるモーラ。……たしかに、シャリナの言うことも一理あると言えばあるので、ここまで来たら――毒を食らわば皿までだ。

「ええ、ええ、いただきますとも――」ぐいっ！

「お、ええ飲みっぷりやんけ」「一杯だけね！」

さすがにこの疲労の中、酒は控えるモーラ。

その代わりと言ってはなんだけど、深皿に注がれたスープは味わい深く胃に優しい――。

「つーか、シャリナ。飲み過ぎじゃないか？」

調子にのって何杯目かもわからない酒を注がれるままにグイグイやっているので、さす

がに心配したゲイルではあったが、

「うっさいわ！　出されたもんは飲み干すのがドワーフの流儀や！　つーか、エルフ酒っちゅうんは、上品なだけで——小便みたいに薄い聞いとったけど、これはちゃうなー」

「しょんべんって……シャリナさん」「つーか、お前が飲みたいだけだろうが」

呆れた顔のゲイル達にも気付かず上機嫌にガハハと笑うシャリナ。……まぁいいか。遭難中は酒切れでギャーギャーうるさかったしな。

そうして、ゲイル一行は、旅の疲れもあってか、勧められるままにグイグイ酒と食事をいただき、いい気分になってきた。——珍しい食材に、旨い酒の味。そして、料理の香りと酒の臭いが入り混じれば、ちょっと足元が怪しくなっても致し方なし——……。それにしては、こうなんというか——。

「はっはっは。そこらのエルフと一緒にしてもらっては困りますぞ。……我らは元は魔族——酒ごときは強くありませんとなー」

上機嫌のシャリナにうまくあわせる長老さん。シャリナと肩を組んで笑い、自身も遠慮なしに、スパスパと煙管を燻らせる。その煙がなんともいえず甘い香りだ。

「おー。ええこというやん、自分——」

せやでぇ、せやでぇ、酒と女は強いに越したことないわっ！——がっはっは！

意気投合したのか、はいいけど、まったくいい気なもんだ――。それにしても、これだけ歓迎されるとは意外も意外だ。初の接触がアレだったから、てっきりもっと警戒されると思っていたけど、どうやら、アスゲイト達だけが特別だったらしい――。

「ふんっ」

そのアスゲイトはといえば、打ち解ける気はそうそうないのか、ゲイル達から離れたところで、仲間ウチで酒をちびりちびりとやっている。……感じ悪いな、もー。

「はっはっは。まぁまぁ、若い衆のことは勘弁してやってください。そういえばまだお伺いしてませんでしたな――。して……そちらの御仁は、戦士と魔法使いどのと――……」

ん？　シャリナとモーラのことと……俺？

「あーそうでしたね。えー、長老達にご紹介しときますねー。男性は前に説明した通りですが、こっちはただの護衛というか手短に――ま、脳筋ですねぇ」

「おぅ脳筋やでーって、ごらぁ！　短いとか言うレベルの話ちゃうねん！」ガルル……！

「ど、どうどう――今はおとなしくしてましょうね」

シャリナの怒気を収めるモーラ。何か知らんが、郷に入っては郷に従え。こういう時のモーラは本当に大人で助かる――……。

「で、こっちは巨乳ですー」「おおい、ウチの紹介は――」

「あ、はい――きょにゅ……って、殺すわよ」

おっふ。前言撤回。

「まったくもー。私は見ての通り、魔法使いで――支援術師をしております」

ギムリーの雑な説明から一転。スッと立ち上がって一礼すると簡単に自己紹介するモーラ。

すると、

「ふ、ふむ……。な、なるほどなるほど。脳筋に、きょにゅ……支援術師さんとな――すると……例の呪い専門家というのは、アナタですかな？」

いま、長老さん――モーラ見て、巨乳って言おうとしてたよね？

「……そんで、ウチは脳筋で固定かい――まぁええけど、ギの字あとで覚えとけよ？」

「あははー」

嗤ってもごまかしきれねぇよ。――つーか……。

「の、呪いの専門家ぁー？」

……へ？　俺？　と、思わず自らを指しつつ、ギムリーを振り返るゲイル。それを見て、ヤバッと――ばかりに反射的に顔を逸らすどこかのギルドマスターさん……。

「おいおい。ギムリーさん、どういう説明したんの？　勝手にハードルあげられても……」

魔王シリーズのことは聞いてたけど、それが呪具じゃなけりゃどうにもなんないよ⁈

「あ、あははー。ま、まぁ、当たらずとも遠からずというか――」

「いや、全然違うから！　呪いの専門って、それ神官とかでしょ⁉　俺は呪具師！　呪具の専門家、アンダスタン⁈」

もー！　なんなん？……そもそもそんなん聞いたことないわ！　もう、全般的に雑なんだよ、ギムリーさぁん！

「は？　じゅ……？　ジュグ……？」

……ほらぁ！　長老さん、顔中にハテナマーク浮かべてるよぉ⁈　こういうマイナーな職業の説明大変なんだからね！

「えっと――じゅ、じゅぐ、し……？」

「そ、そうそう！　呪具師です。呪・具・師」「……デュクシ？」

「いや、呪具師っ！」

なんやねん、デュクシって！

「え～っと、あの、呪具とか作るやつですかのー？」

他になにがあるねん！　ったく……。

「もちろん、作る以外に修理とか改良とかもしますよ。あー、あと符呪もできますね！」

腕は……へへ、鍛冶ギルドマスターからも褒められててね。

「……センスはないけどな」「うっせーわ！」

今、関係ないだろ！……つーか、センスあるわぁぁあい！

「あーはいはい。ゲイル、ストップストップ。ドン引きされるから、普通にして──」

じゃかましわっ！　もうとっくにドン引きされとるっつーの！　なにをいまさら──。

「って『普通』ってなんやねん普通って！　いつもニコニコゲイルさんは普通だっつの！」

どすっ！

「ごふっ……！　ひ、肘をぉう……！」「……そーいうとこよ」

無言で鳩尾に連撃を……。め、めっちゃクリーンヒットしてるんですが……ぐふッ。

「……ええから、紹介くらいシャンとしなさいよ」

「うごご……、そうしたいのはやまやまなんですが、モ、モーラさんの一撃が思いのほかすごくって、口から血が止まらねぇんだけど──」

ボタボタボタ──……いっそ、この血で……。

「モーラ・グラリスっと──」

どすっ！

「ごっほぅ!!」

「しゃんとせい——ちゅうとんねん。……お前の紹介が終わらな、酒が飲めんやろ——なにダイイングメッセージ書いとんねん」

「だ、だって、モ、モーラが鳩尾を……。つーか、お前もな！」

酒のために肘鉄すんなシ！　だいたいドワーフパゥワァで肘鉄されたら、モーラの三倍増しなんだよ！　下手すりゃ、口からモツがでるちゅうに、もー！　皆、労わって！　ゲイルさんを労わってー！　ゲイルさんの鳩尾のＨＰはとっくにゼロよ？

「な、なるほどなるほど。呪具師とな——ふーむ、まさか神官ではなく呪具師か」

ふーむ。そう言ったきり考え込む長老を見て居心地の悪い思いのゲイル——なんだろう、これ。凄いデジャブを感じるなー。

「ふん。ゲイル、まぁ、いつものこっちゃで気にすんな——それより、おう……ギの字ぃ」

顔を引きつらせるゲイルの頭を乱暴に抱き寄せると、シャリナはバリバリと頭を掻きむしりつつ、片目を開けながらきつく睨むと言った。

「……どーも、気に食わんなぁ——。お前、里の人間になんて説明してん？　つーか、ここに来てから不手際だらけやぞ？　一回や二回ならともかく……。そろそろ、全部話してくれてもええんちゃうか。……いったいゲイルに何やらせよう言うねん」

「え？　そりゃぁ……」「待てや」

ツマミを片手にしたシャリナが、何かを言おうとしたギムリーの機先を制すると、据(す)わった目つきで睨みつける。

「……おまえ、この期に及(およ)んで『魔王シリーズ』がなんやとかいうなよ。なんか裏があるんやな。ふんっ……どうせ、魔王うんぬんもただの口実やろが」

「いや？　別に口実ってわけじゃないですよー？」

ふんっ。どーだか！

「……そんなもんのためにこんな僻地(へきち)迄(まで)何日もかけてくるかいな！」

「いやいや、人様の故郷を僻地(へきち)って……まぁいいですけど——」

ところで、

「長老、そろそろですかぁ？」「ん？……あぁ、そろそろかのー」

スパー。

「……はぁ？　なんの話しとんねん、お前。今、ウチが聞いてるの、は——」カラーンッ。

「あ、あら？　な、なんやこれ——手、手が……」

立ち上がって長老たちを睨みつけていたシャリナが手にしたジョッキを取り落とすと、その中身がジワジワと床に浸(し)み込んでいく。それを拾う間もなくシャリナの体が震えだす。

こ、これは————……？

「ッ！……お前らっ、まさか！」

その瞬間、弾かれたように動くシャリナが、迷わずに戦斧に手を伸ばすが――……。

ガラーン……。ガランガラン、ガラ～～～ン……！

「ぐ――かッ……」

く、くそっ。戦斧が、握れ……ない。――ドサリッ。

「シャリナ！」「シャリナさん……⁈」

え？　な、なに？　何事？

「うむ……。さすがは、ドワーフよのぉ――体の頑強さは我らの比ではない」

慌ててシャリナを抱き起こそうとするゲイルであったが、直後――。

「あ、れっ……。わ、私も、なんだか、眠、い……？」――ドサリッ。

そう言ったが最後、モーラもそのまま突っ伏すようにして意識を失う。

え？　ええええ……？　モ、モーラまで⁈

「ど、どうしたんだよ、二人とも――」

そう言ったところで、倒れたはずのシャリナが上体を起こす。

「あ、アホぉ……。ゲ、ゲイル、はよ……逃げぇ」

「シャリナ！」

グググ……。白目のまま、必死の形相で起きあがるシャリナが二人を庇おうとするも、

「お、おまえらぁぁあ……。くぅぅっ。ス、スパスパ、モク吹かしとる思うたら……も、盛りよったなぁぁあ……」

「え？　えええ？　盛るってまさか――……毒⁉」……なんで⁉

未だ事態に追いつけないゲイルをよそに、倒れたままの姿勢で、最後の力を振り絞ってギムリーに手を伸ばすシャリナであったが、ガッチャーーーーン！　と派手にスッ転ぶ。

「ぐぅぅ……。ギ、ギの字ぃぃ――！　お、覚えとれぇぇ……ぐふっ」

そう言ったきり、ついにはその意識を手放したシャリナも、そのまま前のめりに倒れて、食事の山に頭から盛大に突っ込んでしまう。そして、ぶくぶくぶく……と、そのまま文字通り酒におぼれていく。

「えええええ、ちょ、ちょっとぉぉ！」

ど、どどどど、どーいうことぉ？　どっちを介抱すれば――。

「ギムリーさん、あの――」チラリ。

状況がつかめず、ギムリーや長老らの方を恐る恐る振り返るゲイルであったが、

その直後ゲイルも……カランッ、と思わず皿を取り落とし、そのまま、崩れ落ちるようにしてクッションに沈んでいく。

「あ、あれ……？　なんだか、俺も、体に力が……」

――ズルズル……どさりっ。

「うっ。ね、眠い……？」

え、ええぇ？　なにこれ？　なんか、まるで、泥のような眠気が一気に押し寄せるんだけど――……と、ついにはゲイルまでもが、クッションに沈むようにして、コクリコクリ船を漕ぎ始めた。

ズルズルズル――カラ～ンッ。カランカランカラン、カラン……。

「ぐー……むにゃむにゃ――」

こうして最後まで転がっていた皿が、ゲイルの意識のようにして静かに沈んでいく。

そう、深い深い眠りの底へと――。

「……うむ。今回は、なかなかしぶとかったな――」「ええ、彼らは腕利きですからねぇ」

プカー。ようやく静かになった酒宴の会場で、煙を吹かす長老を筆頭に徐に口を開くダークエルフ達。まるで、天気でも話すかのような軽い調子で話していることから予定調和らしい。そうして、今更ながら、パタパタと顔の前に漂ってきたその紫煙を手で払いのけるギムリーであったが、ふと――視線を感じて足元に目を転じると、

「……おや？　モーラさん、頑張りますねぇ」「な……なんの、ま、ね…………よ――」

まさかまさか、とっくに全員気を失っているとばかり。

だが、一番に気を失ったモーラが歯を食いしばりながら上体を起こそうとする。

「ふーむ、すごいですねぇ。……実際――普通ならとっくに意識を失ってるはずですよぉ」

ケラケラ笑うギムリーを睨みつけるモーラ。

「く……！　食事に何か入れたわね？」ブルブル。

（もう体に力が入らない。これはダメかも――）

「おやおや？　残念――外れですよー。お食事は、いつも以上に滋養満点、各種回復効果のある里の特産品で、変なものは一切入れてませんよー」

「なにを……いけしゃあしゃあと――」

実際は、モーラ達が警戒した通り、食事には何もなかった。……だから騙された。念のため、状態異常耐性の支援魔法を自分にかけていたモーラだが……もはや、手遅れだ。

「あはは、せっかくなので、そのしぶとさに敬意を表して教えてあげますよー」

正解は～。

「こちらの幻木です――ダークネスフォレストでしか採れない貴重品ですよ～」

幻木――……？　長老が吹かしていた煙の中身?!

「まー安心してください、モーラさぁん。無体なことしようってわけじゃないんですよー」

――魔力が切れるまで、見守ることにしたのか、ギムリーが優し気にモーラに語る。

「よく、言うわ……よ」「んー。いうなればこれは……。相互理解ってとこですかねぇ」

というわけで――また後程――――チャオ♪

「この……性悪、エル、フ――」「あはは、何をいまさら――」

…………がくり。そして、ついに最後まで一人で気を吐いていたモーラも、ついには微動だにせぬほど、深い眠りに落ちていく。

……あとには、ゲイル達三人だけがその場に残されるのであった――。

※　※　※

「まったく……。貴重な幻木を丸々一本使わされたわい」

スパー……、コンコンッ。

煙管に詰まっていた幻覚作用入りのそれを火皿に落とすと、今度こそ本物のタバコを取り出した長老は、ダークエルフ産の上品な葉っぱに入れ替える。酒飲みのドワーフに、支援術師の女。なるほど、少々の状態異常には強いというわけか――。

「ふー……。――で、そっちは？」

件の呪具師はどうだろうか。

「はッ。…………寝ていますね」

ぐー！　ぐがー！

気持ちよさげに涎を垂らしているのは、噂のゲイル・ハミルトン。言わずと知れた呪具師で、ギムリー期待の人物である。……しかし、まぁ、なんとも間抜けな寝顔だこと――。

「これで、ようもー、魔王シリーズを解呪できるとか抜かしよったものよ――」

何が呪いの専門家だ。

※　注：言ってません　※

やれやれと肩をすくめた長老が、今度は本物の煙をプカリプカリと燻らせる。そういえば、この呪具師の男はギムリーから聞いただけだが、呪われし装備の【解呪】ができるのだという。もっとも、そんなことができるのか半信半疑ではあったが、呪具師というものはそうなのだろうか？　まぁ、話半分と言ったところ――そんな【解呪】ごときで解決できるなら、とっくの昔に問題は解決している。

だが、まぁ、試すだけ試してみるかと。

「さて、こいつ等には例の施術を――」「はっ！」

長老の余裕の表情とは裏腹に、緊張した面持ちの若手のダークエルフ達が煙を吸い込まぬようマスクをしたまま室内に踏み入ると、意識を失っているモーラとシャリナを運び出した。この二人は多少なり抵抗していたうえに、タバコのからくりにも気づいていた、もっとも、所詮はただ人族とドワーフゆえか、幻覚物質に耐性はなかったようだが——。

「……あ、あれ？」「ん？　どうした？」

ゲイルを運び出そうと、その頭に手を差し伸べたダークエルフがピタリと止まる。

「あ——い、いえ……。そ、そのー。ちょ、長老——申し上げにくいのですが、」

「なんだ？　どうかしたか？」

コソコソ。耳打ちする若いダークエルフの言葉に目を剥く長老。なぜなら、

「な、なんだと⁉　この男に、幻覚剤が効いていないだと⁉」

気持ちよさげに寝息を立てるゲイルを驚いて見返す長老の煙管から、ポロリと落とした火のついた葉っぱがコロコロと零れ落ちると脆くも崩れ去る。それは、まるで、長年にわたる長老の常識のようですらあった。

「ば、ばかな！　森のワイバーンですら狂わせる幻木だぞ⁉」

だというのに、なぜこの男は今こうして気持ちよさげに眠っているのか——。

「んん？……まぁ、それはそうでしょうねー」「は？　し、知っているのかギムリーよ！」

「そりゃそうですよー。……ゲイルさんに状態異常の類はほぼ効きませんからねー」

……ずずずっ。壁際で換気中の窓枠で、片膝を立てた行儀の悪い姿勢で腰掛けながら、茶を啜るギムリーが、外の景色を眺めながら何でもないように、種明かし——。

「は、はぁぁ?! 状態異常が効かない、だと――?! そ、そんな人間が」

「いやー。いるんですよ、誠に信じがたいことに。……ま、それを知ってたからってどうにもできないですけどねぇ――……どうです、アスゲイト。……それ、」

――取れましたぁ?

「くっ! バカな……な、なんだこの男は!」

ゲイルの身体検査をしていたアスゲイトが驚愕(きょうがく)の声を上げる。だってそうだろう……?

「こ、この男! い、いかれてやがる! なんだこれは、す、全て呪われた装備だとぉ?!」

バラバラバラ、ジャリーン!! 若手総出で、ようやく引きはがしたのは、ゲイルの体から零れ落ちた数々の――――呪具であった。

「な、なに?! 呪いの装備だと?! こ、これが全部?!」

足元まで転がって来たそれを見て、目を剥く長老。その数からして尋常(じんじょう)ではない!

「し、信じられん……。これが、全て――――呪具、だと?」

だが、確かにそうだ。しかし、まさか……!

「――まさか、これほどの呪具をつけて平然としていたのか?!」

驚く長老。アスゲイトをはじめ、呪い耐性のある彼らですら驚愕するほどの量の呪具だ。

「ま、待ってください。コイツの呪具とやら、……ふ、服の下にも?!」

一体いくつの呪具を身に着けているというのか?! まぁ出るわ、出るわ、まー出るわ！

「な、何をしている！ ひ、怯むな！ たかが人間の作った呪具だ——我ら魔王シリーズに侵されし一族ぞ！ なにほどのことがある!!」

「「ははー！」」

ババババッ！——アスゲイトの号令一下。里の耐性持ちが総出で、外しにかかる始末ッ。

ヌォォォォン！ ぬぉぉぉおおん!!

「ぐ……！」「手、手が取れん！」「ひぃぃ！ 呪われるぅぅ！」

——うぎゃぁっぁああああああああああああ!!

一斉にあがるダークエルフ達の悲鳴。そして、無数に沸き起こる髑髏のエフェクト！

「な、なんという禍々しさ……！」

なんという非常識！ ゲイルから引きはがした途端、ケタケタと笑いだすブレスレットに、すすり泣くネックレス。そして地獄から響くような怨嗟の声が数多の呪具から溢れ出す。その数、軽く数十はあるであろう！ しかも、そのどれをとっても強力の一言に尽き、呪いに耐性のあるダークエルフ達でさえ、外すのがやっと。

若手に至っては無理やり、肌から引きはがした際に、傷すら負っていた。

「ひ、ひぃぃぃいい！ 手が、手がぁっぁああ！」

「衛生兵！　衛生兵いいいい！」

「薬草をありったけもってこい！……ありったけだ‼」「いそげぇぇぇぇぇ！」

わーわーわー！　もう、武装解除だけで、里をあげてのてんやわんやの騒ぎだ。

「――うぐぐぐぐ……。馬鹿な」

たったの数分。……それだけで、蹲り意識を失うダークエルフの何と多いことか、ただの呪具師一人でこれだ。――い、一体何者なんだ⁉

「……し、しかもなんだこれは⁉　ち、長老みてください！　こ、この呪具らを……なんということでしょうか。す、全ての状態異常に対応しております！」

「なんだとッ⁉」

思わず身を乗り出す長老。もはや余裕はどこにもない――。

だが、確かに若いダークエルフたちの言う通りだった。大量の呪具は、火、水、風、土の耐久度を上げるだけでなく。光と闇にも対応し、なおかつ【毒】や【疲労】【恐怖】【痛覚】【即死】といったありとあらゆる状態異常に対応していた。そして、防御力や攻撃力の上昇具合ときたら、まともに鑑定すれば、ちょっと冗談のような数値を叩きだすに違いない。

「ば、ばかな……。馬鹿な‼　そ、それだけの呪具をつけて、平然としていたのか⁉」

ZZZ

……呪いの装備が高い効果を示すことは魔王シリーズでもおなじみだ。だが、通常は、その高い効果の代償に、恐ろしいデメリットが降りかかるのも常識。魔王シリーズで言えば、メリットと引き換えにするのは、命と来世の魂が対価になるほどだ。

だというのに、それに匹敵するほどの呪具を、これほどの数を……?!　その代償に、いったいどれほどの負荷を身に秘めているというのか！　いや、それとも――……。

「あ、あり得ない。……あり得んぞ。じゅ、呪具だぞ?!　呪われし装備品だぞ?!」

――ざわざわざわっ！　その事実に、さざめく様にしてダークエルフ達が顔を見合わせる。なにせ、魔王シリーズに長年携わって来たダークエルフ族だからこそ、呪具の恐ろしさはよく知っているのだ。だから、言うのだ――ありえないと。

……しかし事実は事実。――平気そうなのはギムリーばかり。ゲイルから奪い取り、積み上げられた呪具から放つ恐ろし気なオーラは、触れただけでも、命を吸われそうになるもので溢れていたのだ――。いや、下手をすれば魔王シリーズよりもはるかに剣呑な……。

「……ば、馬鹿な！　ありえん！　ま、魔王シリーズを凌駕するなど……！」

「長老、お気を確かに！　し、しかしそんな男がどうして、ただ眠っているというのだ?」

これほどの装備、これほどの呪いを背負っていたならばなぜ……。

長老の言う通り、それだけの耐性を誇っておりながら、今こうして罠にかかっているのは、まさに間抜けというしか他ならないが……。

そもそもこの男に幻覚など効くのか――？　ましてや、薬や毒の類が……。

「――……んー。なので、逆に考えてみましたー」

は？

「ひ、姫様⁉」「逆、とな？」

思わず言葉をかぶせるアスゲイトと長老。顔を見合わせる二人に、ニィと口角を吊り上げて見せるギムリー。その表情は、余裕しゃくしゃく。茶のお代わりを当番の若手に所望しつつ、湯呑に残ったそれを――トンッ！　とばかりに長老に押し付けて見せた。

「む……？　茶が、どうした？」「まぁまぁ、ここは一杯どうです？」

……それは良い香りのするお茶で、ダークエルフの定番のそれ。鎮静やリラックス効果のある薬草入りの――……ま、まさか‼

「ええ、その通りですよぉ。デメリットに耐性があるなら――」

ぐびり。湯呑に注がれたそれを、もう一口――ぷはぁ。

「――逆にメリットを与えてやればいいんですよ」ニッコリ。

そう。つまりは北風と太陽だ。薬も過ぎれば毒になる様に、ゲイルに与えた食事には、たっぷりの回復効果のある薬草に、体を温めるお茶と、リラックス効果のある薬膳――。

そして、極めつけはこのお茶だ。

疲労に耐性があるなら、安息を与えてやればいい。

寒さに耐性があるなら、温めてやればいい。

睡魔に耐性があるなら、安眠させてやればいい。

幻覚に耐性があるなら、見せてやればいいのだ——ただただ普通の夢を。

そりゃあ、呪具で何倍にも増幅されて、旅の疲れでヘトヘトになっていたゲイルにはよく効いたことだろう。つまり——。

「ま、まさか……。コ、コイツ——た、ただ寝ているだけ、かッッ?!」

「イエース」ニッコォ。

「な、なんと……」「逆転の発想か——は、ははは！　お、驚かせやがって！」

ガシャーン！　驚愕したことすら腹立たしいとばかりに、積みあがったゲイルの呪具を足蹴にするアスゲイト。

「おい?!　アスゲイト、よせよせ！　彼らは捕虜ではない！　客人ぞ——」

「そーですよ。借りものですよぉー。感じ悪いですねぇ。もー」

非難轟々。だが、長老ほど達観もせず、ギムリーほど落ちついてもいないアスゲイトは、驚愕していた事実を認めたくないとばかりに、粗暴にふるまい、ゲイルから没収した呪具の山を蹴り飛ばす。

「……っていうか、それ。呪われてますよぉ？」「…………え？　あ」

ヌォォオオオン!!　ヌォォオオオオオオン!!

「――ぎゃ、ぎゃあぁぁあ！　なんか足が呪われたぁぁあ！」「あーあー、アホですか」

そりゃそうだ。装備者をはじめ、迂闊に触れたものを呪うゲイル謹製の呪具だ。……迂闊に触れようものなら御覧の通り。

「ま、どぎつい呪いじゃないといいですねー」「か、か、解呪してくれぇぇえ！」

あーもー。これだから、里の連中は――。バラバラと崩れ去った呪具の山と、足を抱えてピョンピョン跳ねているアスゲイトを見て天を仰ぐギムリーであった。

※　※　※

――夢を見ていた。

それは千年前の光景を生身で感じるかのような、地獄の追体験――。

そう。ある日、平和に暮らしていたダークエルフ達の地に、突如――魔界へと続く『異界の門』が出現すると、瞬く間に、そこから異形の軍勢が現れ、一瞬にして豊かな森を呪われし空気で覆いつくし、耐性のない生物の命を奪っていく地獄の光景……。

燃える森と

血に染まる大地

門から出でし無数の軍勢は全ての生物を奪いつくすと、その遺骸で城を築き上げ、異形たちの『門』を地の底深くに隠して世界を侵略し始める。……もちろん、それに抗う森の民も大勢いたが、彼らはなすすべもなく蹂躙されていき、いつしか服従し――そして、洗脳の果てに肩を並べて森の外で暴れまわるという愚行に出る。だが、それらは同時に、この森とこの狭い世界しか知らない彼らにはひどく魅力的ですらあった。

か弱きものを踏みにじる快感と、つみ上げてきた文化と文明と文章を焼き滅ぼす爽快感。

血を啜り、肉を食らい、骨を砕く愉悦。その時の歓喜と狂気と躍動を、鮮明に感じる。

その生々しくもリアルに感じるそれは、いつしか徐々に焦燥と怒りと恐怖に染められていく。それは、魔王と呼ばれたその異形と、魔族と呼ばれ――従属せしダークエルフ達を従えた記憶の追体験だった。――そして、まさに衝撃の連続であった。だが、その結末は、あまりにもあっけなく、あまりにも唐突に大きな衝撃となって襲い掛かる。

そう。それは異界の門が出現した時と同じようにして、まさにひと時の出来事だった。

なぜなら、今にも世界を覆いつくさん勢いで悪意と暴力をばら撒いていた魔王とダークエルフ達は、ある日、瞬く間に森の外から来た人々に、倒され殺されていくのだ。

それは、まさに唐突。それこそ、まさに一瞬。

その時はあっという間に訪れて、本当に強い、強い、強いナニカが魔族に迫り来ると、一人、一匹、また一体と、魔王達を追い詰めていく。

それは、かつて四天王と呼ばれる強大な魔族をも討ち取ると、破竹の勢いで、ついには魔王が築きし、エーベルンシュタットに到達し――刹那の時をもって彼の城を砕き、ついに、魔王の眼前まで進むと――。…………言った。

『　』

その言葉を胸に、身を挺して魔王を守る最後の四天王は、あっさりと打ち取られると――……やがて、それは魔王にその刃を突き立てたのだ――。

そうして、その最後の戦いは、魔王到来からも含め――……一瞬にして決着する。

その日、ダークエルフたちの歴史はここに終わり、ここに始まったのだ――――。

※　※　※

「かはっ！」「ゲーホゲホゲホッ!!」

おえぇぇえぇ!!

「はぁはぁはぁ、な、なんや今のは――――はっ！」

ひとしきりせき込んだ後、シャリナは飛び起きた。そして、同じく蹲るモーラを背後に庇うと、戦闘姿勢をつくりながら油断なく周囲に視線を飛ばす！　すると、

「あ、起きましたかぁ？」「な？　ギ、ギの字か……?!」

くるくる〜。呑気な様子で、髪をいじりながら外を眺めていたギムリーに気付き一気に気が抜けそうに——……。

「ッ！……お、おまっ、さっきはよくも——」ガバッ！

思わず飛びつくシャリナをあっさりいなすと、ギムリーが、その眼前に水の入ったカップを突き付ける。

「まーまー、落ち着いて」「んな！　こ、これがおちつけるか！——お前ら何しよった！」

パン！　水を受け取ることもなくさらに距離を取ると、近くでモーラが起き上がる気配。

「……うぅ、魔王——そして、四天王ミネルバ……うっ」

あ、頭が——。

「モーラさんも水をどーぞぉ」「……な、何か、盛ったわね？」

キッ！　と、ギムリーを見上げるモーラの視線には敵愾心が見える。

しかし、その視線を平然と受け流すギムリーは、意外にも素直に頭を下げた。

「すみませんー。……こうでもしないと里の人間が納得しないものでしてぇ」

「納得って……こっちが納得できないわよ！」

ごもっとも。

「ふむ……。その様子をみるに、全てを見たかね？」

サッと、覆いをはね上げながら、小部屋に入って来たのは件の長老だった。どうやら、今気づいたところ——ここはダークエルフの里にあるどこかの小部屋らしい。

「あぁん、なにをや⁉」

シャリナも興奮冷めやらず。まだ頭がフラフラしているのか、苛立し気にギムリーからカップをひったくると、水を呷る。……さっき、盛られたばかりでなかなかの胆力。

「ふわー……よく、寝た？　ん？　どうしたの？」「おまっ！　何を呑気に寝とんねん！」

ゴンッ！

「いっだ——、な、なに⁈」……ん、んんー？　ど、どういう状況？

「の、呑気っていうか——まぁ疲れてたし？　変な夢を見たけど——」

「そうか、うむうむ。全員見たようだな——我らが歴史……血塗られし、啓示を」

は？

「「……け、啓示？」」

——なにそれ⁇　思わず顔を見合わせるゲイル達。しかし、その反応を予想していたようにに素直に頭を下げるギムリーたち。

「まず、最初に謝罪させてくれ。強引な手法を取ったことを謝らせていただきたく——」

ざっけんなぁあ！

「おう、おまえ！　レディに薬盛ってゴメンで済む思うなや！」

まぁまぁまぁ。

「シャリナは、レディって感じじゃないですしー」

「……おう、せやな。レディは言い過ぎたかもな――って、おおいい！」

誰がレディじゃないじゃぁあぁ！　ゴンッ！

「いだ！　な、なんで俺?!」「ほんとにもー！」

プンプン！

「……え、ええー？　あ、謝ってよー」「茶化すな、ゲイル」

えぇー、ちゃ、茶化してないんだけど……。

「ふむ……。肝が据わっておるな。……では、改めて謝罪をば。……体に異常はないはずだ。少々、変わった施術であるが――なぁに、今まで命にかかわったことはない」

頭を下げつつ、自らの額に触れて見せる長老。……どうやらゲイル達自身の体を見ろということらしい。……どれどれ。

「――って、げぇええ！　な、なんだこりゃ！」「うえ、小さな孔が――！」

思わず、自らの頭に触れて眉を寄せるゲイルとモーラ。何かされたのは間違いない……。

「こ、これは針の孔か⁉　お、おうごらっ！　なにしよってん！」

「すまぬな。強制的に過去の出来事を夢に見せる我らの技術で――『啓示（ビジョン）』と呼んでおる。……害はないゆえ、許してほしい」

　あああん⁈

「これが技術やて⁈　そないな技（わざ）、聞いた事もないが――ほ（他）っかに方法はなかったんかい、この馬鹿たれぇい」

「ない。……これほど無茶（むちゃ）をしたのも、我らの歴史を知っていただきたかったのだ。なにぶん言葉では、どう尽くしても伝わらぬもので、許されよ――」

「せやかておまッ！　くっそー……！」

「――して、啓示（ビジョン）を見て、どう思った？――あれらを見ても、まだ魔王（まおう）シリーズに関わるというかね？」

　実際に何をされたかわからない以上、それ以上追及（ついきゅう）できずに黙（だま）り込むシャリナ。かわりに、ジッとゲイル達を見つめる長老の目は、どこまでも純粋（じゅんすい）であった。

「どうって言われても――」「ね、ねぇ？」

　ダークエルフの歴史と『魔王シリーズ』の真実……。あの啓示（ビジョン）の中で見たものが本当であれば、あれは、まさしく魔王そのものだ。

「その……。あれが本当の出来事だったとして――『異界の門（デモンズゲート）』からでてきた魔王を分割（ぶんかつ）した装備っていうのが魔王シリーズなのよね？」

お伽噺（とぎばなし）や伝説を裏付ける証拠（しょうこ）だ。

「左様。――かの門は、今もこの地の地下奥深く（おくふか）に眠るとされている。また、かの魔王も未だその悪意は消えてはおらぬ――」

「うそ。あ、あれが、まだ――地下に……？」

ぞくり……。今も足元にあるという『異界の門』を思い出し寒気を覚えるモーラ。

「けっ。どうやろなぁ――。こいつらの薬か怪しい技で、ええように操作されとるだけとちゃうかぁ？」

ふんっ。腕（うで）を組んでそっぽを向くシャリナは懐疑的（かいぎてき）。だが、モーラにとっては生々しすぎる体験ゆえ、嘘（うそ）とも思えなかった。そして、もし、あれらが本当にあった出来事なのだとしたら、最後の四天王ミネルバこそが……。

「そう、なのね……。魔王軍四天王ミネルバ――あれが、アナタ達が魔王シリーズを集める理由なのね？」

最後の魔族にして、最初のダークエルフ――。

「いかにも。……我らが長（おさ）にして母。ダークエルフの始祖――ミネルバ様を解放することこそが、我らの使命にして悲願」

　そして……。

「再び人類を滅ぼさないための贖罪……」「しょ、贖罪……？　あれが、どうして？」

　モーラはあの啓示で見た光景を思い出す。魔王は死してなお世界を呪い、復活のために魔王シリーズを集めようと動き出した。……そして、それを押しとどめた者こそ、他ならぬ、最後の四天王にして――かつては魔王の右腕であったミネルバであった。

　ミネルバは魔王の洗脳が解けると同時に、自らが呪われることで魔王シリーズの暴走を制御しようとし――千年の間、この地に留めたのだ。

「ちっ、千年か……。その間、一人が呪われ続けていれば、次の者が呪われることはないってか――？　えっぐいこと考えよったな、お前らのボスは」

　ガシガシッ！

「いやー、別に魔王がボスってわけじゃ……」

「ふんっ！　ボスいうんわ、お前らの先祖のことや――」

　ブスッとした顔のシャリナも、その光景を啓示で見たのだろう。

　そして、あの映像が真実だとするならば、ミネルバは今も存命で…………千年の間、今もまさに呪われ続けていることになる――。

その事実にゾクリと震えるモーラ。……あの恐ろしい魔王の呪いを千年も？

「……ま。理由はわかったし、悲願ちゅうのもわかった。……ようするに、魔王シリーズを集めるんは、ミネルバはんを、千年の呪いから解放するためいうんも、わかった――せやかてな、」ジロリッ。

「……それは、とどのつまり『魔王』を解放するっちゅうことか？」

　ピリッ……！

シャリナの核心をついた一言に場の空気が凍り付くのが分かり、思わず身構えるモーラ。

「ちょ、ちょっとシャリナさん……」

チラリッ。……さりげなく周囲を見回すと、ダークエルフ達から表情が消えている。ギムリーはもちろんのこと、長老も――そして、アスゲイトに至ってはわかりやすく敵愾心を燃やしている。

「フンッ。……なんやぁ～。ウチぃ、図星ついてもーたか？」ニヤリ。

「いえいえ、まったくもって――ま、シャリナの言うことは半分くらいはあたりですよー」

ニィッ――と、お互い腹に一物を抱えた状態で、黒く笑うシャリナとギムリー。

ある意味気心の知れた二人だからこそのやり取りだ。しかし、ファームエッジに居たころのギムリーと今のギムリーとでは立場が違う。だから、今のギムリーは、まったく目が笑わない表情で、口もとだけで笑いながら肯定（こうてい）する。

「ほっ！　ようーやっと本音で話しよったな――？……そんでどうする？　魔王復活させて、お前らは何考えとる」しゅるりっ……。

得物を探すシャリナが、さりげなく腰（こし）のベルトを外すと二手に握りこむ。

ベルトだけとは――なにもないよりましだが、それで戦うには少々心もとないそれ……。

「ほぇ？　魔王復活です～？　まぁ、結果的にはそういうこともあるかもしれませんねー」

「はんッ！　それ以外になにがあるゆーねん！」

魔王シリーズのコンプリート。……それすなわち魔王の復活やろッ。

「――なら、その目的はなんや!!」ビシィ!!

「いや、目的も何も――……」

「おぅおぅ。お前らもしかして、もう一回、世界征服（せいふく）でもしようういうんか!!」おおおん！

この状況でも物怖（ものお）じしないシャリナはさすがに男前。

そして、わしの目が黒いうちは好きにさせせんと言わんばかりであるが――……。

「ふ、ふふふ……。あーははっ。シャ、シャリナってばウケルー」

「な、何がおもろいねん!!」

いやいや、だって――……。

「んー、例えばですねぇ。シャリナが、同じ立場だとして――世界とか欲しいですかぁ？」

「……世界？」「ええ、世界です。王国とか、帝国とか――その他もろもろ？」

……………んーーーーー。世界、世界なぁ……。

「……いらんなぁ」

でしょー？

「ん、んんー……。お、お前らはどや？」

突如そう振られたモーラ＆ゲイル。……え、えぇー？

「いやー、いきなり世界が欲しいかって言われてもなー……」

ん、んん～……。

「どう？　いる？……俺はい、いらないかなー」「私も……」

「……せやなぁ。ウチも全然いらんわぁ」

ゲイルもモーラも今で十分満足しているし、シャリナに至っては、ファームエッジの顔役すら面倒くさがっている状態だ。……いるわけがない。当然、その状態で世界を欲しいかと言われて――うんと言うはずもなければ、頼まれてもお断りだ。つまりそれは、

「……よーするに、私達だって同じですよー」

世界欲しいかって？　いらないいらない。超いらない。だって貰ってもマジ面倒だしー。

「チッ。……あーもう、わかったわかった！」

バリバリと頭を男前にかきむしると、

「そー言われたら、納得するしかあらへんやろがー。ったく」

やる気が失せたとばかりに、ベルトを捨てると、再び床に腰掛けるシャリナであった。

「ふんっ。――せやかて、お前ら全員がそういう考えとは限らへんやろ？」

ギムリーや長老に、世界への欲がなくとも、ダークエルフ全員がそうとは限らない。

とくに、そこのぉ……。ジロリッ。

「アスゲイトいうたか？」「な、なんだ急に――」

見るからに、ビクリと過剰反応するアスゲイト。

「……あー。この子はちょ～～っと中二病ですからねぇ」

そう言って、気安い感じでアスゲイトの頭をペシペシ叩くギムリー。

なるほど、危ないやつのことは一応マークしているわけらしい。

「な！　じ、自分は――！」「あーはいはい。黙ってましょうねー」

ぐ、ぐぬぬぬ……。子供扱いされて押し黙るアスゲイト――。やはり、少々血の気が多いと見られているのだろう。

「ふんっ。まぁええやろ――……事情はだいたい読めたわ」

と、すると――。

「……今回ゲイルを連れてきたのは、『魔王シリーズ』とやらを、コンプリートする以外の手段を取ろうッちゅう魂胆やな？」

「ザッツライト！――さっすが、シャリナ、話が早いですぅ」――なでりこなでりこ。

「撫でんな！」パシンッ！

気安く撫でるギムリーを払いのけつつ、顎に手を当てて考え込むと言った。

「はんッ！　ここまで言われたら誰でもわかるわ――」

――だけどなぁ、

「……千年も解けんかった呪いやろ？　いくらゲイルでも無理ちゃうかぁ？」

「まぁ……。そうだとは思うんですけどねぇ」

そう言いつつ、ギムリーがそっと視線を寄越すのは、ゲイルのポッケにしまわれている『魔王の心臓』だ。

「あ、あー……。なるほどな――」

合点がいったとばかりにシャリナも頷く。欠片とはいえ、最悪の呪いの装備である、魔王の心臓をゲイル・ハミルトンは解呪し、あまつさえ、その改良までして所持している――しかも、ポッケで……。つまり、現時点でのゲイル・ハミルトンは、『魔王の心臓』

の欠片とはいえ、解呪の実績持ち。

解呪できる可能性はゼロではない。……なら、物は試しということか――。

「だが、いくら何でも危険ちゃうんか？」「そ、そーよ、いくら規格外だからって――」

誰が規格外やねん……。

「お前らかて、千年も指くわえとったわけちゃうやろ？……実際のところ、ゲイル使ったときの見立てはどうやねん？」

「見立てですかぁ？――んー…………そーですねぇ」

深く、深く深く考え込むギムリー。そのまま熟考するところ、数分であったが、

「――五分五分……でしょうか」

※　※　※

「はぁぁあああ⁉　ご、五分五分やてぇぇぇ⁉」

「ちょ、ちょっとそれは、ないんじゃないのッ！」

ゲイルを差し置いて――シャリナ＆モーラがギムリーに食って掛かる。

「お、お前ぇ！　ギの字……それ、絶対五分五分ちゃうやろ‼」

「そーよ！　それってかなり盛った数字でしょ！　解呪に失敗したら、術者が呪い返しを食らうことくらい私でも知ってるんだからね！」

（注：『呪い返し』――呪物などに解呪を試みた術者が失敗した時に食らうペナルティ。『死の呪い』なら『死』を、『眠りの呪い』なら『永遠の眠り』を。……なので、本来『解呪』はおいそれと使えないため、教会でも高価なのである）

　そうして、ゲイルを差し置いて、ギャーギャー騒ぐ女子二人。それにはさすがのギムリーもたじたじだ。たしかにモーラの言う通り、千年の間ダークエルフを呪い続けてきた呪物だ。その解呪に失敗すれば、いったいどんなペナルティをくらうか想像もつかない。

「ま、まーまーまー……。確かに、１００％ではありませんけど、勝算がないわけでも――ゴニョゴニョ」

「なにを、ゴニョゴニョ言うとんねん！　どうせ、物は試し程度やろが！」

むがー！　と、ゲイルの代わりに食って掛かっているシャリナ達。

「い、いえ！　ですからぁ！　そ、そういうわけじゃありません――。もちろん、我々もフォローしますし、失敗しないように、まずは現物を見てから……」

「アッホゥ！　このアホが現物見ただけで満足するわけあるかい、アホぉ！」

ズビシィ!!　と、このアホを指し示すシャリナ――って、俺かよ!?

「黙っとけよ、ゲイル！　そーや、お前のことやで！　どーせ、見た瞬間『これ俺のー！』とか言うに決まってるやろがっ！……ったく、そんなアホをフォローするとか適当こいとるんやぞ、こいつら！」

　プンプン怒り心頭のシャリナ。気持ちは嬉しくもあるんだけど……ゲイルさん、微妙にディスられてます。

「──いや～、黙っとけって言われてもな……。俺の代わりに興奮してくれているのはわかるんだけどね」ポリポリ
「だ、誰がお前のためやねんっ！」

　なんで動揺してんだよ……。まぁいいけど、

「とにかく、いいから。ストップストップ、ストーーーーップ!!」

　ぐぃぃぃい！　と、ヒートアップするシャリナを押さえつけるゲイル。

「な、なんやゲイル？──今、いいとこなんやぞ……って、おい、お前！──ど、どどど、どこ触っとんねん!!」

「はぁ？──どこも、そこも、なにもねーよ」

　まな板だよ。むしろ鉄板だよ！

「だ、誰が鉄板じゃーい!!」「あはは、シャリナの装甲はオリハルコンですしー」

「だぁぁあっとれぇ!!　お前に言われたないわ！　この絶壁がぁぁああ！」

　ふーふーふー！　ガルルルル。

「……はいはい、どうどう。まぁ、シャリナが言いたいこともわかるけどさ。……ここまで旅してきたのも、最初から魔王シリーズのことで来てるんでしょ？」

そもそも、ここで断ったら何しに来たかわからんでしょ？　マジで観光になるよ？

「……まぁ、俺としては中々実りある旅行ではあったけど――」

「でしょうねー。……アンタ的には、色々素材取ってきて嬉しいんでしょうけど……」

船幽霊とか、幽霊船とか、ゴースト旅団とか、ドラゴンゾンビとかさー。

ジト目のモーラの視線からあからさまにキョドキョド目を逸らすゲイルさん。

「……ドドドド、ドラゴンゾンビは回収してないよ！」

「めっちゃキョドっとるがな……」「目ぇ泳いでるわよ」

お、泳いでないし！

「……嘘つきなさいよ。あとで回収する気満々でしょうが、知ってるんだからね！」

――ギクッ！

「ギクッ！――じゃないわよ！　しれーっと、お手製の地図にチェックしてたのバレバレなの！……ったく、もー」

パサリ。髪をすくい上げるモーラが息をつく。

「……だけど、まぁ、ゲイルの言うことも一理あるわね――」

ダークエルフの連中がここまで情報を開示してきたのだ。今更、無理でしたのでお帰りくださいーーとなるとは思えない。それに、どんな技を使ったか知らないけど、また頭に穴でもあけられちゃたまったもんじゃないし……。

「どうせ、啓示とかいうのが出来るくらいなんだから、逆もできるんでしょ？」

「あ、あははー」

……嗤ってごまかしても無駄よ。むりやり記憶を消されちゃたまったもんじゃない。

「そうねぇ……」「モの字ぃ？　お前まさかーー?!」

思案しだしたモーラに、シャリナが驚く。シャリナからすれば、モーラなら断ると思っていたのだろう。

だが、そうもいかないのは百も承知だーー実際、何しに来たかわからないし。

「……いいわ。ゲイルに任せましょ？」

「え?!　いいの?!」

「いいも、なにも、元々アンタ次第でしょ！……だけどゲイル。無理なら、諦めるのよ？」

「え？　無理の意味がわからないけどーー……。まぁ、無理はしないよ？　にしても、モーラはお母ちゃんみたいだな」

あっはっは。

「……うん。あとでぶん殴るわ」「なんでぇ?!」

――もっとも、ゲイルの無理の基準が、明後日の方向を向いているのは周知の事実。

なので、今更モーラには何も言いようがない。……だが、せめて、アホなことをしでかすなら、全力で止めようと固く決意。

「ま、まぁ、モの字がええ言うんやったら、ウチだけ反対するのもなー」

そう言って渋々納得したシャリナに苦笑を返すモーラ。

「だけど、いいこととゲイル？　その魔王シリーズの現物を確認する場には、同行させてもらいますからね！」

「せやな。それが最低条件やな。どうせこいつ等もタダで帰す気はないやろしな」じとー。

「もちろん構いませんよー？　ただ、魔王シリーズの周囲はちょっと瘴気が濃いので、そのあたりご容赦くださいねー」

そりゃ、千年ものの呪いだ。

「ふんっ、並大抵でないのは初めから覚悟しとるわっ。それより、ゲイルやないけど、ウチかて一人の鍛冶屋として興味がないわけではないな」

魔王シリーズ。魔王の遺骸を武具にした、ある意味で伝説の装備――――。

「ふふふ、シャリナらしいですね、それでは皆様をご案内しましょうか」

「うむ、ギムリーよ、先導するがよい」

そうして、少数精鋭。ギムリーほか、長老とアスゲイトだけを伴ったゲイル一行がエーベルンシュタットの深部へ向かう。そう、本当の意味での深部へと――。

「では、皆さん……ようこそ、真なる魔王城へ」

ゴゴゴゴゴゴゴゴゴ……！

そう言って、一礼するギムリーの背後。集会所の床が音を立てて開いていく――……。

そして、

――かつーん、こつーん！

足音が高く響く地下通路。集落の地下に隠されていたのは、想像を絶するほどの広大な地下空間であった。どうやら、地上部分に見えていた『エーベルンシュタット』ことダークエルフの集落はそのほんの一部でしかなかったらしい――。

「すっげぇ……」「広～い」「ドワーフの鉱山以上やでぇ」

ほげ～……と口を開けてその規模に驚くゲイル達。

「ふふふ、ビックリしました？」「そらなぁ……。これが、本当の魔王城かー」

「ええ、地上部分はほんの見せかけだったと聞きますね――もっとも、この地下も今は大半は崩れたあとですけどねぇ」

「は?! こ、これで一部やて?!」

「えぇ、らしいですよ――。魔王の崩御と同時に地下の本丸も地の底に消えたと言います」

なんてこった。魔王が倒されると同時に崩れるとか、どんだけドラマチックなんだよ、様式美って奴か?

「伝承ですけどねぇ。……もともとは、さらに深部にあるといわれる、魔王の故郷である『魔界』へと続くとされる門――いわゆる『異界の門』から溢れる瘴気を、現世に出現した魔王が固定することで成り立っていたそうですよ?」

ほ、ほほー?

「――なので、魔王ありきで成り立っていた空間ですねー。つまり、魔王がいなくなれば崩れるのも致し方なしかと」

もっとも、この空間が今もあり続ける様に――魔王は完全に滅ぼせない化け物だ。

「なるほどなー、納得したでぇ。……そういう不思議パワーでもないと、こないな巨大建築が地下と上にあったら、普通は崩れるわ。――第一こんなん物理上、不可能やでぇ」

コンコンッ! ……こらぁウチらの技術でも無理やろな――と、シミジミと呟くシャリナが、そう言いながらも興味深そうに構造を眺める。

「そうなの?……でも、ドワーフの地下宮殿ってのも有名じゃない?」

とはモーラの言。しかし、

「あっほぅ。アレは名前負けしとるだけで、ただの鉱山や鉱山――」

シャリナ達、ドワーフ族が築いたとされる大鉱山は、地下宮殿として有名だ。

もっとも、シャリナに言わせれば、ただ好きに掘り返していたら宮殿っぽく、穴があいただけで、そのへんの鉱山と変わらないという。だからだろうか？　地下には慣れたはずのドワーフ娘のシャリナですら、この地下空間に驚愕するほど。無数の不気味な柱に支えられたその空間は、くり抜いたわけでもなく――ただただ圧倒される空間が広がるばかり。

「……どーりで見たことない設計や、デザインなわけや」ペシペシ。

物理法則を無視した空間。そして、魔像とでもいうのか――奇妙なレリーフ付きの柱は頑丈そのものだ。

「見てみぃ、これとか――こんなんまるで生きているみたいやで」「あー、生きてるしね」

せやろぉ？　シャリナが通路に残されたレリーフやら像を繁々と見つめる。

「醜い顔つきで、翼を生やした異形の生物――不気味な意匠。こらぁ、うち等でも再現は不可――――……な、なんてゆーたゲイル？」

「……ん？　生きてる？」

「おー、生きとるんか？　なるほどなるほど、たしかにまるで生きとるみたいな――」

　って、

「い、生きてる？　あ、遺棄してるみたいな――？　廃墟だから……」

「いや。生物だよ、生物（？）。悪魔の一種っていうのかな？　よくいるじゃん、こういう地下空間だと。ほら、瘴気の濃いところで飛び回る下級の悪魔の一種で、」

　ギョロンッ！

「ガーゴイルっていう――下級悪魔」

　って、

「『それを早く言えぇぇぇえええええええええええええええええええええ!!』」

『ギシャアァァアア！』

　どわぁっぁあああああああ!!

「う、う、う、動いたぁぁああ！」「ウチ、目ぇあったがな！」

　――ひぃぃいいいいいい!!

　奇声をあげてとびかかるガーゴイル！　その鋭い爪と牙を、腰を抜かしたシャリナに容赦なく突き立てようと――――。おっと、

「はい、【解呪】」

　ボッロォォオ！

『ギシャア…………ア……ぁ』

突如襲い掛かって来たそのガーゴイルを、なんの逡巡もなく退治したゲイルは、ガシャーン！　と派手に散らばった素材を大事に大事に拾い上げると、土埃をフッ！　と吹き払って袋にしまっていく――。

「……って、ちょっとぉぉお！　な、何いまの⁈」「え？　だから、ガーゴイルだって」

いや、何を当たり前みたいに！　びっくりしたわよ！　び〜っくりしたわよぉぉおお！

「見てよ、シャリナさんをッ。こ、腰抜かしてるじゃん！　泣きかけじゃないの！」

「な、泣いとらへんわっ！　急に声をあげたから、ビクゥ！　としただけやわい‼」

っていうか、驚く暇もなかったっつーの！

そして、あまりにもゲイルが自然体過ぎて反応できんかったわ！

「だいたいゲイルぅ！　なにをシレっとキノコ採るみたいにモンスター退治してんねん！」

まずは警告せぇや！

「え？　いや、だってモンスターだし――」

「モンスターだしじゃないわよ！　普通、もっとこう、激しく戦闘開始とかなるでしょ⁈」

しかも、ガーゴイルっていえばかなりの強敵じゃん――……！

「えー。……そうかな？　悪魔系の雑魚っしょ」

いや、雑魚って。

「あ、悪魔系統の魔物ってそんな簡単に倒せないわよ！」

モーラが激昂するほど、悪魔系統は厄介なモンスターだ。なにせ、アンデッドに次ぐ不死系統の魔物で、ガーゴイルはまだしも、大抵の悪魔系の魔物は、実体というものがない。アンデッドに有効な銀の装備や聖水も効果がうすく、倒すには強力な浄化装備が必要と言われるほど。教会が最も敵対視するほどで、その悪魔系統をかたち作るのは――……。

「「あ、呪いかー」」

一瞬で納得したモーラとシャリナ。思わずニッコリして、お互いにお手手をパチンッ♪

ど～りでゲイルがワンパンで倒すわけだ――あはははは……って、

「――バーカッ！　おかしいでしょ！」「そんな簡単に倒せたら苦労せんわぁぁあ！」

いくら解呪が『呪い』を解くからって、なんで「悪魔」まで解呪できるのよ！

「そもそも、アンタぁ！　アンデッドの話を聞くとかって設定はどこ行ったのよ！」

「え？　聞いてるけど――」

嘘つけ！　悪魔とどんな会話するっちゅうねん！

「あ、あははは……護衛とかいらなかったですねぇ」

地下は危険ということで、わざわざ同行してもらったはずのアスゲイトが棒立ちのまま呆然としている。ぶっちゃけ、剣を抜く暇すらなかったようだ――。

「……いや、おまえも知ってたんなら最初に教えぇや！――ちょっとチビったがな！」

「やっぱ、漏らしてるじゃないですか――というかですねぇ、余計なことしなければガーゴイルって大人しいので、はい」

うっさいわ！

「はいはい、ウチが悪ぅございましたね！」どうせ、手出ししたのが悪い言うんやろが!!

「まぁそうですねぇ――あと言いにくいんですが、その――エンカウントするのはしょうがないですけど、さりげなく、ガーゴイルっぽい銅像まで解呪するのはやめてくださいねー」

「え？　あ？　ダメ？」

ゲイルが触れると、崩れていく地下の魔像。どうやら、ガーゴイルとは別物らしい――。

「別というか、それ基礎なのでやばいです」

「こういう素材珍しいんだけどなー」

ほいっさっさー。そう言ってさりげなく素材袋にガーゴイルだけでなく、勝手に解呪した魔像の羽とか足とか頭とか――。

「……って、言われてるそばから採らないの！」ゴンッ！

「いった……！　だ、だって呪われてるし——」

呪われてるし、じゃないの！　なによ、この言い訳。

「そもそもが他人様の家でしょぉお！　常識はないの？　常識はぁぁ！」

(注：あるわけない。……あったらここにいない)

わ、わかったよー。ゴソゴソと、戻し戻し——。

「おいおい、戻すな、戻すな！　そういうこと言ってるんちゃうでぇ」

まったくもー。モーラもシャリナも目を離せないとばかりに深くため息。

「あ、あはは、ゲイルさんらしいっちゃらしいですけど——ホント、ここの彫像は一応、柱に繋がってるので下手に解呪とかすると通路ごと崩れるので気を付けてくださいねー」

「へーい」

さすがは不思議空間……。呪いで成り立っている空間だから常識が通用しないようだ。

「アンタは真面目に聞きなさいよ……」

「つーか、……ギの字。おまえ、さっきサラ～ッと言うたけど、『異界の門』って、なんやねん！　啓示とかで見たアレか？」

あの悪夢ともつかぬ白昼夢の中で見た悪魔が湧き出し、魔王を生み出した地獄の門——。

「お、おいおい。まさか——こないな下級悪魔がおるちゅうことは……もしかして、あれが現役ちゅうことかいな?!」

「さぁ～？……実を言うと私たちも本物は見たことないんですよねー。その実在も、伝説程度にしか伝わってませんし」

さ、さぁって……。

「いや、それ。絶対まだあるわよね？　この臭いが何よりの証拠じゃない……」くんくん。たしかに、空気が腐ったような臭い――……この瘴気の溢れる地下空間。

「お、俺じゃねーよ！」……放いてねーよ！

「何も言ってないわよ――アンタじゃないわよ！　被害妄想が強すぎるわよ！……って、そうじゃなくてぇ――」

脇とか首元を嗅いでいるゲイルにさりげなくツッコミを入れるモーラはさておき、

「あー。言い忘れてましたけど、ここ瘴気が溜まりやすいので、シャリナやゲイルさんはともかく、慣れてない人には、きついかもですねぇ」

どういう意味や！

「ウチかて、きついでぇ！　つーか、言い忘れで済むレベルの情報ちゃうやろ！」

「あはは。んー……。まぁ、うん。はい。小一時間くらいなら大丈夫ですよー……多分？」

「多分ってなによ、多分って?!　一時間以上いたらどうなるの？」

……ニコッ。

「だから、笑ってごまかさないでよ！」

「あはは、大丈夫大丈夫、ゲイルさんがいるじゃないですかー」「え？　俺？」

……いきなり振られても、答えようがないよ？

おれ、便利屋じゃないよ?!――――って、なんだよ、その目ぇ！

「いやー、なんとかしそうやん？」「うん、ポッケからなんか出しそうね」

ＹＯＵらは、人のポッケなんだと思ってるんだよ！　四次元じゃねーよ！　あと、アスゲイトは鼻をヒクヒクさせながらポッケ見るな――どんだけ、俺のポケット好きやねん！

「だいたい、なんでこないな地下にあるねん？　そも、魔王シリーズいうたか？……そないな危険物わざわざ集めんでも、世界中に散逸したならほっとけばよかったんちゃうんか？」

シャリナの言うことにも一理あり。手を出さなければ魔王シリーズだって動きようがないはずだ。魔王の遺骸とはいえ、所詮はバラバラにされた武具でしかない――。

「まぁ、皆さんの言わんとすることはわかりますよ。ですけど――時の権力者や、魔王崇拝者はどこにでもいますからねー」

そんな彼らが魔王の遺骸を前にして放置するだろうか？……千年前に滅ぼされた魔王は、余りにも強く――完全に消滅させることはできなかった。だから、かつての勇者たちはその遺骸をバラバラにしたわけだが……その欠片を欲するものがいたとしてもおかしくはない。なにせ、最恐かつ最強の装備だ。それだけで一騎当千となれる武具だ。命と引き換えにしてでも、その力を手にしたいものはごまんといるのだろう。

――たとえ、それが世界の滅亡に繋がろうとも、だ。

「呪いを別にすれば、そこらの武具を圧倒的に凌駕する力を与えてくれる装備ですからねー。魔王シリーズの恐ろしさは、戦略級兵器に匹敵すると言っても過言ではないんですよ」

そんなものがあって使わずにいられる者などそうはいないだろう。

「せ、戦略級……」

「な、なるほど、まさにアーティファクトっちゅうわけか――そらぁ、どっかの王様あたりやと欲しがるやろな」

王が装備せずとも、奴隷に着せればよい。そう考える権力者など、腐るほどいる。

……実際、かの帝国は『魔王の心臓』を国宝扱いにし、宝物庫の奥深くにしまっていたわけだし。それもいざとなれば、国家の趨勢すら狂わしうる力を秘めている。

「なので……人々がそれを使って世を混乱に陥れる前に、我らが先んじて集めていたわけです。――幸いにも、ここには安置する場所があり、なにより『長』は魔王シリーズを誰よりも熟知しておりますからねぇ」

「だからって……」

　モーラは不満そうだ。啓示で見た光景は、魔王シリーズには特有の『精神汚染』があるとのことだった。その汚染には抗いがたく、装備者を呪い、いつの日か一つになることを目指しているのだという。だからこそ、ダークエルフはその性質を利用して、魔王シリーズを集めているのだが……。

「その代償が一族の代表を犠牲にすることでしょ……？　しかも、見るに耐えかねて、今になって一族総出で、犠牲からの解放を目指しているわけだし――」

　本末転倒もいいところだ。

「せやでぇ。……そんでコンプリートして、一瞬の隙を見てまた魔王を倒すいうんか？　そない上手くいくかいな？……だいぶ無茶がある計画に聞こえるけどなー」

　聞けば聞くほど穴だらけの計画だ。そもそも、魔王シリーズのコンプリートだっていつになることとやら。

「ふんっ。愚か者め――我らは、貴様らほど浅はかではないわ！」

　モーラ達の苦言を鼻で笑うアスゲイト。

「はーん。どういう意味やねん」

「ふんっ、……我らが何のためにあの古代竜を里の近くで飼っていると思っている――いずれアイツをぶつけるために決まっているだろうが！」

わはははははははは！　そう言って得意げに笑うが、ギムリーが苦笑い。

「まぁ、そううまくいくはずもないんでしょうけどね……あくまでも保険ですよ、保険」

『古代竜　ＶＳ　復活した魔王』というのも中々見どころがあるが、それはそれで都合の良いものの見方だろう。

「他にも色々策は考えていますが、実際にうまくいくかはわかりません――ですので、」

チラリ。ギムリーが意味深にゲイルを見つめる。

「………あー、そういうことか」

「なるほど、ギムリーさんは、あやふやな作戦よりも、もっと現実的に考えたのね？」

コンプリートを目指すのが、アスゲイト達『回収派』で、解呪を目指すのがギムリーらの『解呪派』というわけだ。もっとも、ギムリーが魔王シリーズを集める情報収集もしていたようなので、『中立派』といったところか。

「えぇ、そうです。コンプリートしてから、倒すという――ある意味壮大な賭けよりも、解呪できるならさっさと解呪しちゃえばいいんじゃないかなーって、」

あっけらかんと言うが、それができたら千年も苦労していないだろう。とはいえ……。

「そんなに簡単に行くとは思えないけど――ま、まぁ、コイツ見てるとあっさり解呪しちゃいそうね」

「い、いやー、どやろ？　さすがに伝説の魔王やで？　しかも、千年ものの呪いやろ？」

それでも、絶対解呪できないと思えないあたり……、

「うん……でも、やりそうだな。コイツなら」

「えぇほんと。……今更だけど、私たちの常識って、結構、毒されてるのね――」

「そこは同感やでぇ」

主にゲイルのせいで……。チラリッ。

「……ん？　なに⁇」

うん。

「普段のお前見とるせいで感覚狂うけど、案外、世界を揺るがす男になるかもしれへんな」

「そうねー。下手をすれば、世の中をひっくり返しかねないわ？」

へ？

「あっ。つまり――俺のセンスが、」「「それはない」」

んなあぁあ⁉

「判断はやくない⁉」

「――ある意味センスはひっくり返っとるけどな」

「ゲイルのセンスが認められたら、それはそれで世界がひっくり返ってるわね――」

なんでぇ⁈　なんでこんなとこまで来てディスられてんのぉ⁈

「あははは。相変わらずですねぇ――まぁ、話は少し逸れましたが、魔王の呪いは、それくらいに恐ろしいものですよ」

それこそ、千年もの間ダークエルフ達にもどうにもできなかった呪い……。

ただ、あるだけで人々を呪い、
ただ、あるだけで人々を汚し、
ただ、あるだけで人々を害す。

クルリクルリと舞うように問いかけるギムリー。

「――だから、悠久の命を持つ我らが抗わねばならなかったのですよ。そう……誰かがやらねば、結局は誰かが呪われるだけ。……きっと、その時はもっと大変なんじゃないですかぁ？」

ダークエルフが抗っていなければ、時の権力者か、はたまた魔王崇拝者の手によって、魔王シリーズは思う存分、人の魂を食らいながら、呪いをばら撒き、移動を続け――やがて全てを集めるに至ったであろう。そうして、地上は悪意と瘴気に溢れ、ついには、魔王によって殺された人々の屍の山ができていたに違いない。

……その、実に恐ろしき光景よ――。

呪われた死体の山に、魔王シリーズがすべて結集するのだ……。

呪われし人々の骸の道が織り成す果てに……――。

「……ちっ。わぁ～った、わぁ～った。降参や、降参……」

「そ、そうね。……事情も知らず、安易に言ったことは謝罪するわ」

「いえいえー。こちらこそ、説明不足でしたしね――」

素直に非を認める両者。そして、

「……まぁ、事情は読めたし、理解もしたった――せやかてな、こっちもゲイルの身の安全がかかっとるねん。……まずは、見極めさせろや」

「もっちろんですよ――。ですので、こうして里の者ですら立ち入らない地下へと案内しているわけですぅ」

「ふんっ。恩着せがましいやっちゃで……。まったく、妙な旅に巻き込まれた思うてたけど、まさか、『魔王退治』に加担することになるとはなー」

腕を頭の後ろで組んで地下空間を見上げるシャリナ。……モーラだって、千年続く戦いを見る羽目になるとはさすがに予想外――。だけど、ダークエルフ達の犠牲の元、この世界の安寧があったとは、世間一般では誰も知りえない事実だろう。

「はっ！　そう思うなら、少しは我らに敬意を払えッ！　痴れ者どもが！」

「あーはいはい。わかったわよー」

今となっては、敵愾心むき出しのアスゲイトの気持ちもわからなくはない。

魔王シリーズを崇拝しているというよりも、きっとあの態度の本音は自分たちだけが割をくっているという閉塞感から来るものなのかもしれないと思えば、態度の悪さにも目を瞑れようというもの――。

「なんだ、その生暖かい目は――」

モーラ達の視線にいら立つアスゲイトであるが、それすらもちょっと愛おしいね――。

ゴンッ！

「いった……！　な、なに、なになに？」

え？　今、アスゲイトさん、ゲイルさんの頭をぶったぁ?!

えー。なんでぇ？　普通、ほぼ初対面の人の頭ぶつぅ？

「……初対面で縛られてるんだから、今更よ」「あ、そっか――って、納得するかバカ！」

あ？

「だれが馬鹿だって？」「さ、さーせん」

とほほ。なんか知らんけど、途中からモーラさんに怒られたんですけどぉ。

「ふんっ。……いい加減静かにしろ！――姫様の話を聞いたならもう理解したであろう？　我らの崇高なる使命を！」

――そして、

「ここより先は、我らにとっても聖域……。かつては魔王が座し――そして今は、」

スッ。ダークエルフたちが一礼すると、いつの間にか地下の最下層に到達していた一行の前に聳える巨大な門が、地響きとともに開いていく――。

ゴゴゴゴゴゴゴゴゴゴゴゴ……！――ドズゥウゥン……！

我らが母、

我らが祖、

我らが長のおわす座所である――――！

「……さぁ！　ひれ伏せッ、人類。数多の魔王シリーズを安置する、ダークエルフの族長の間である」

第4話「ミネルバ」

S Rank party
kara kaiko sareta
[jugushi]

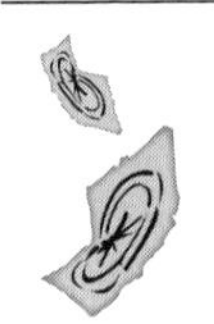

「……いや、ひれ伏せッ――て、」

「お前が魔王か!!」スパコーン！

「いっだぁ?! き、貴ッ様ぁ……！」

「貴ッ様ぁ……とちゃうわ、なんでお前が偉(えら)そうやねん？」

いや、だって……。

「つ、つーか、ドワーフごときにしばかれる謂(いわ)れはないわッ！」

スパーン！

「なら、私ならオーケーですかぁ？」「いっだぁい……！　ひ、姫様まで?!」

……ええから、少し黙(だま)っとけや。

「まったくもー。す〜ぐ調子にのるんだから」

パンパンッと、手を払いながら、アスゲイトを黙らせたギムリー。

「さて。……皆さん、こちらになります――」

改めて慇懃に腰を折る一礼にてゲイル達を誘うと、その先で――ズシィィイイン……！　と、地響きとともに、巨大な門扉が土埃とともに開かれた。刹那――。

「うぐ……」「ひっ！」

開錠と同時に、溢れんばかりの瘴気が噴き出し、反射的に口を覆うシャリナとモーラ。

「な、なんやこれ！　なんやこの瘴気の量は――……しかも、このプレッシャー！　こ、こんなとこに、人がおるんか？」

「しょ、瘴気で溺れちゃう……」――ゴホ、ゴホッ！

そこは今まで以上に異様な空間だった。ただの暗闇よりも黒い闇――……そして、異常なほど空気が重い……！

「た、短時間なら大丈夫や言うとったが、そもそもこんな濃い瘴気の中、どうやっても短時間しかいられんやろ」

立っているのもやっとの空間だ。……だというのに、ここに人がいると？――じょ、冗談もたいがいにせぇよ！　そのうえ、なんや？　仮にも一族の長たるものが――「千年」もこんなところに?!

「ア、アホぬかせ！　お前ら、また騙しよったな?!」

「――ふふっ。冗談ならどれほどよかったか……」

自嘲気味に笑うギムリーが手を掲げると、ボッ！　ボッ！　ボッ！　と、一定間隔で青黒い炎が灯っていく。それは、ゲイルがファームエッジで作って見せた鬼火発生器のそれと同じ、鬼火の一種——呪われし炎だった。

　その照明のもとにぼんやりと映し出される巨大な人影——……いや、あれは、

「玉、座……」「まさか、あれが——」


　ま、魔王……?!


「いえ、あれこそが我らが長」

「こちらこそが最後の魔族にして、最初のダークエルフ」

「そして、かつて最強と謳われた魔王軍四天王——……」


　ミネルバ様である！


　——ド、ドォォォォオオオオン！

「……は？　ミ、ミネルバ——?!」

あの効果音付きで現れたのが、啓示の中で見た魔王軍最後の一人か⁉

「馬鹿な……。こ、これが、お前らの族長やてぇ……」

ギムリー達の示す先には、玉座に沈むようにして腰掛ける一人の女性。漆黒の鎧兜を身にまとい、構えし盾に埋もれそうになっているあの小柄な人影がそうだと言うのか⁉

「う、うせやろ――」

こ、これがあのミネルバ⁉

啓示の中で見た彼女は若々しく美しく、気高い人であったというのに……――。

今、目の前で巨大な玉座と、無数の触手や肉腫に埋もれた弱々しい存在が――あの⁉

ドクン……。

ドクン――。

「い、生き……てるの？」

答える代わりに、床や壁が胎動し蠢く。とてもとても、最後の魔族、最強の魔族、魔王軍四天王。その言葉とは遠くかけ離れた存在にしか見えない者がダークエルフの長だという。

「うそ、でしょ……」

これで……。こんな状態で生きているというの……？

「こ、この呪いに侵されながら、千年も――――?!」「はい。もちろんですよ――」

モーラはゲイルと知り合って多少は呪いについて知ることができたが、それだって生易しいものだと気付く。

……そう。ゲイルの扱う呪具とは一線を画すほどの恐ろしい呪い。

「ア、アホな……。こ、こんなもん武具でもなんでもないやん……！」

何が戦略級兵器だ。

何がアーティファクトクラスだ。

何が、何が、何が魔王シリーズだ――！

そして、モーラとは違い鍛冶師として、武具の性能を詳しく見ることができるシャリナは、その効果をより詳細に知ることができた。できてしまった……

「……げ、【激痛】と【出血】……【腐乱】と、じ、【自動回復】やて?!」

エグイ、エグすぎる――。それ以外にも、人が人の尊厳を踏みにじられる機能が無数に。

「こ、こんなん、こんなん……。こんなん人間のする所業やないで――!!……ま、まるで使用者を苦しめるためだけの機能が備わっとるやないかッッ」

思わずギムリーを振り返るシャリナであったが、そんなのは周知の事実と言わんばかりに、俯くダークエルフ達。

「あ、あほな……」

こんなんありえんで。こんなん……。こんなん——ただただ、長く苦しめ、ただただ、その苦痛を貪るだけの機能やないか！

「こんなもんは、ただの悪意やないかーい!!」

ガンッ!!——クソッたれ!!

「悪魔か、これを作った奴は!! 魔王かなんか知らんが、ウチがぶっとばしたるわッッ」

鍛冶屋の矜持を舐めるなッ。

武具は、人を守り、人を活かすための物のはずだ！

機能美と洗練の先に、美しさを兼ね備えることもある！

——それが……それがッ！

「あぁ、クソっ。ウチはまだまだ甘かったわ——」

これを千年も装備し続けてるやて？ これを——この悪意を漏らさんがためだけに?!

シャリナは本音でいえば、心のどこかでダークエルフを疑っていた。初対面のアスゲイトの態度の悪さも原因の一つではあるが——かつて魔族と呼ばれていた連中だ。だから、ひょっとすると魔王を復活させようと目論んでいるのではないかと……。

だが、違う！ そんなはずがないッ！ こんな苦しみを受けてまで、魔王に尽くす必要なんてないし、ましてやこんな悪意の塊のような魔王を復活させる意味なんてあらへん！

「――えぇそうです。……だから、我らはこの苦しみからミネルバ様を救い出すために千年尽力していました」

「そう、我らは千年かけて魔王シリーズを集めた」

だが足りない。まだまだ足りない……！

「この苦しみから、我らが始祖を救い出すための努力が、全てをかけてもまだ足りない！」

ギムリー、長老、アスゲイト達が魂から叫ぶ。

そして、救ってくれと。この苦しみから、我らを、ミネルバ様を救ってくれと――!!

「魔王シリーズが必要なら、まだ集めよう！」

「たとえ魔王が復活するとしても、苦しみから解放されるならその覚悟をもって！」

「否！　それ以外の方法があるなら、どんな手段をもってしても、救ってくれと――！」

だから、集めた。

情報を、魔王を解呪する術を！　ダークエルフの千年の呪縛を解き放つ術をぉぉお！

そして、

そして、それができるというのならば、やって見せろよ――ゲイル・ハミルトーー

ーーーーーーン！

――スポッ。

「……へー。兜（かぶと）は、こうなってるんだー」

ふむふむ。

……もととなった素材は悪魔系の上位種かな？

「――悪魔系の頭をベースに、ほうほうこれはこれは興味深い……ん？　どしたん、皆（みんな）？」

ポカーンとして――。

「え？」

「え？」

「え？」

「え？」

「え？」

……ん？　なに？

「……いや、え？　なにっていうか――ゲ、ゲイルあんた……え？」い、いいのこれ？

「ゲ、ゲイル、お前――」え、ええんかこれ？

「え？　ゲイルさん――スポンて、え？」い、いいんでしたっけ、これ？

「……い、いや、わ、我らに聞かれても――の、のう、アスゲイト？」

「え、っと、え？」

スポッ?!

ス、スポン？

あれ？　スポーン！　だっけ？

「「「「え？　え？　え？」」」」

えええええええええええええええええええええええええええええええええええ?!

――メギャアッァアアアアン!!

「ん？……あれ？　だ、ダメだった？」

突如、効果音付きかつ――すっごいテンションで叫ばれたものだから、びっくりしちゃったのは、ゲイル・ハミルトーーーーンこと、呪具師のゲイル。

なんというか、玉座によじ登ったアレな体勢で硬直している。

……つーか、その姿勢はどうなのよ?!　不敬というか、なんというか、仮にもダークエ

ルフの族長であり、女性であり、最後の魔族にして元魔王軍四天王のミネルバの上に、が〜〜〜っつりと乗っかって――――スポーン?……いや、スポッ?!

つーか、

「「「「スポーーーーーーーーーーーーーーーーーン?!」」」」

うぉえっぇえええええええええええええ?!

「――な、な、な」

も、もはや誰の言葉かもわからないけど――――――……。

その誰かすら、「ななな、」としか言えないほど、驚愕、狂気(きょうき)、きょ、今日?!

今日なのぉぉおお?!

っていうか、おおおおおおおおおい、な、ななんな、なな、なにやってんのーーーーーーーーーーーーーーーーーーーーーーーーー?!

「う、うぉぉ、うぉぉお!　お、おおお、お前!?　おま、おま、おま!……き、きき、き、貴ッ様ぁぁあ!　ミ、ミネルバ様の上から降りろ!　ふ、不敬だぞ!」

――なにやってんだごらぁぁぁああああああ!

「へ？　あ、へ？　あ、ご、ごめ――」

ごめんなさーい！

……あろうことか、ダークエルフ達が見ている前で、敬愛すべき彼女ことミネルバの座する玉座に乗っただけでなく、あろうことか、彼女が纏（まと）う魔王シリーズによじ登り、「獲（と）ったどー！」と言わんばかりに、高々と『魔王の頭』を掲げている始末――――。

そう。

スポーンと――……。

「「「「…………って、おおおおおおおおおおおぅ？」」」」

そして、驚愕の声が響（ひび）きわたる中、あろうことか、ああああもうーあろうことか！

最恐最悪最低の呪具にして、千年の間――ダークエルフ族を呪い続けていた『魔王シリーズ』の、しかもよりにもよって、もっとも最初期より、ダークエルフを呪い続けていた『魔王の頭』をををををををぉおおおおおおおおおおおおおおお?!

「え？　えええ？　何なに？……と、獲っちゃダメだった？」

――か、解呪していいんじゃないのぉ？

「いや、」

「解呪っていうか」

え？　ええええ？

か、解呪できるの――――?!……っていうか、それぇっぇええ!!

「「「「ま、『魔王の頭』ぁぁあ？」」」」

「え？　なに？　なになに？　さっきから何？」

「いやッ、おおおおお、お前がなんやねん!?」

「っていうか、獲れるの?!　っていうか、『獲れる』いうなし!!」

――スポーンじゃないわよぉぉお！

「えー？」

「え？」「え？」「えー？」

「いや、スポーンて、え？　おまっ。おまっ、おまぁぁ!!」

――ええええええええええええ?!

ようやく全員硬直。今になって硬直――驚きが先で、硬直が後で、その次は――？　っていうか次があるのか?!　そして、一方でゲイルさんってば、よくわかってないのか、兜の下の美人さんとちょっと目が合って、思わずペコリ。

「あ、ども──」

「え？　あ、は、はぁ？──────え？」

一番わけがわかっていないないであろう銀髪美女──ミネルバが、「なになに？」みたいな顔で、キョロキョロしてる。

千年ぶりの外気に触れたというのに、久々のそれが、これでいいのかはさて置き。

「つ、つーか、ええのかギの字?!　これでええのか？　獲れたけど、ええのんか、これ?!」

「そ、そうよ。ダ、ダークエルフの皆さんいいの?!　『なになに』とか言うてるでぇ?!」

モーラ、口調移ってるから……。

「いや、え？　あ、は、はぁ？　え？」

そして、ギムリー達は動揺し過ぎ!!　右往左往というか、思考停止しとるやん！

「はぁ？」ってなんやねん！　はぁ？って、もっと反応あってもええんちゃうんかい?!

「い、いやー……そ、そう言われましても──、も、もっとこう……」

なんつーか、ドラマチックな？

ピカーって光るエフェクトとか、バチバチバチッ！　って紫電が奔るとか──……。

「……そ、そういうのがあるかなーって、えへへ」

「え？　なに？　も、もしかして──ま、まずかった………よね？」

いや、まずいっていうか……。

「え？　まずいの、これ？　ど、どう思うシャリナさん」

「う、ウチに聞かれてもな――そも、スポーンて、」

そんな簡単なん？

いや、そら――もしかしたらゲイルならあり得るかもとは思ってたで？

だけどほら、ここはギムリーじゃないけど、もうちょっとこう……劇的なアクションがだね――それが、千年の呪いがスポーンとかゆーのはさすがに情緒がなさすぎる。

しかも、千年ぶりの言葉が「なになに？」とか……どないせぇっちゅうの？

「いや、そんなこと俺に言われてもなー。最後のセリフなんか特に……」

「せやけどお前――スポンはちょっとな～。……あ、いや。スポッ、やったっけ？」

え、ええー……そんな知らんがなー。

「口調真似すんな」「ダメかー」

いや、ダメってわけじゃないけど――……とばかりに全員が頭真っ白になっている隙に何を思ったか、しょんぼりしたゲイルさん――渋々『魔王の頭』をミネルバの頭部に再び、

――スポッ。

「……って」

「ほわぁっぁあ?!」

…………。

……。

うぉぉおおおおおおおおおおおおおおおおおおおおおおおい!!

「な、なにしてんの?!」「おまっ、ちょ、おまっ　なにやっとん！」

ほ、本気かぁぁあ?!

「あ、あわわわ！　あわわわ！　あわわわ!!」

あっほぅ！　み、見てみぃ！　あのギムリーが「あわわ！」しか言えんなっとるがな!!

「な、ななななんなななな！　ま、また、か、被せただとぉぉお?!」

「うぉぇえ?!　で、できるの？　二回も被せるとかありなん？　どうなんだアスゲイト！」

ほらみぃ！　アスゲイトも長老も、ちょっと通り越してパニックになっとるやん！

そして、ミネルバはんとか、「ほわぁっぁあ?!」言うてたで?!

千年の呪いを急に解かれて、二秒後にまた千年の呪いかけるとか、お前は鬼畜か?!

ズォォォオオン！

ズォォォオオオオン!!

って、おおおい?!

「――ちょわっぁぁああ！　出てる！　めっちゃ出てる!!　の、呪い！　呪いのエフェクト出とるやないかーい！」

あかん、ツッコミが追い付かん！　シャリナ姐さんもそろそろ限界ですよぉ！

「え？　いや、だって、ダメっぽい雰囲気だすから――」

「だからって、戻すな、アッホォ!!……っていうか、えええええええええええ？　も、戻すって、えええええええええええ?!」

戻せんのかぁぁい?!　も、戻せちゃうものなのぉぉお?!　つーか、戻してええのんか?!

「見てみぃ、ミネルバはん、ジタバタしてはるやーん！」

もがー！　もがー！

「モガモガ言うとるやんけ！　あっほぉぉお！」

「……いや、な、なんなの？　俺なんかした？」

「お前がなんやねん!!　何かしたーちゃうわ！　何もかもしとるわッ」

えー……。ダメなん？　いいのん？

「どっちなんだよ」

解呪しろとかさー。外せとか、外すなとか――。

「い、いやぁ。は、外すなとは誰も言ってませんけどぉ……」

そして、『外せる』とも言ってませんけどもぉ。

「……あ、ギムリーさん！　よ～うやく返事してくれた？　えっと、どうしたらいいのかな？　これ」

曇(くも)りなき眼(まなこ)のゲイルにドン引き――。

「い、いやー、どうしましょうねー。とりあえず、殺したほうがいいでしょうか？」

「誰をぉぉぉおお?!」

え？　なんでぇぇえ?!　なんで殺されるの?!

「いや、だって世界がおかしくなるじゃないですか、えっと、ゴニョゴニョ――」

「なんなの？　ギムリーさんがいいって言ったんじゃん？」

「いやぁ、言って……ましたっけ？」

「んー？　あ、あれ？　言って……なかっ、たっ、け？」

え？　え～っと……ど、どうだっけ。


――ポクポクポクポクポク、チーン♪

「ま、いいや」

とりあえず、せっかく来たんだし、じゃー外すよ、とばかりに——。

「はい、解呪」

スポーーーーーーーーーン！

「って、——ほわぁぁぁあああああ♡」

うぉぉぉおおおおおおおおい！！！

　うぉぉおおおおおおおおおおおおお！！！

「き、きっさまぁぁぁあああ」

「何やってんのよ、アンタぁああ！　ミネルバさん『ほわぁぁ♡』言うてるやないの！」

「このアホんだらぁぁぁぁああ!!」スパコーン！

二度も外して戻して、二度と外すなぁぁぁ！

っていうか、もー!!

「いや、ちょぉ！」

「え、ええええ？」

「ええええええ、えええええ、ええええええ？」

「「「えええええええええええええええええええええええええええええええええ?!」」」

あかん。

皆壊れた……。

「なんなん?」

お前がなんなんやぁぁぁああ!!

えー!

　　もーーーーー!

「「「「えええええええええええええええええええええええええええええええええええ?!」」」」

……っていうかぁぁああ!　もぉぉおおおおお!!

「「「「解呪できるんのかーい!」」」」

　　　できるのんかーーーーーい

　　　　できるのんかーーーーーーい

　　　　　かーーーーーーーーい

「……へ?」

――俺なんかしちゃいましたぁ?

未だよくわかっていない顔で、解呪したての『魔王の頭』を、指先でクルクル回すゲイルなのであった。

※　※　※

ズォォォオオン！

ズォォォオオオオン!!

……再び、魔王シリーズからあふれ出る、呪いのエフェクトが周囲を睥睨する。

それは、まさに千年ぶりの魔王の悲鳴であった。その千年の呪いが、解かれた瞬間――凄まじい塊となって周囲を睥睨すると、すぐに元に戻ろうともがき始めるが――。

「はい、解呪――」

ちょいちょいのちょいっと♪　とばかりに、ゲイルの手によって阻まれてシュルルル――と魔王シリーズの中に戻っていく。

「う、うわー……。いつも見てるよりもエグイ髑髏のエフェクトでてたわね……」

「お、おう……いつもの髑髏以上に禍々しかったでー……」

あれが魔王の呪い？　つーか、装備外した後のミネルバさん……。めっちゃ美人のダークエルフさんやん?!　すっごい若いし――ボインボインやでぇぇぇぇ！

「どこ見てんのよッ!!」

ごんっ！

「いっだ⁉」

なんでぇ？　つーか、俺は見てないし、ボインボインとか言うたのシャリナやでぇ？

「ええから、落ち着けゲイル。一回落ち着け。ほら、深呼吸深呼吸！」

「そーよそーよ！　ほら、ひっひっふーひっひっふー」

いや、それラマーズ法な。赤ちゃん産むやつな。

「…………っていうか、俺は落ち着いてるよ？」

ほんと、どうしたん皆？

「――いや！　おまっ、き、貴様がどうしたぁぁぁああ！」

いや、どーもしてねぇよ。まず、お前も落ち着けアスゲイト。

「え、えぇ。まぁ、その。……ちょ、ちょっとさすがにこれは、意外というか、なんというか、あり得るかもーとは思ってましたし――もしかしたらワンチャンあるかもとかあわよくば思ってましたが、いやはや……」ゴニョゴニョー。

「なんて？」

ギムリーさん、どうしたん？　急に、なにそれ？

そもそも……外してって、言ったのギムリーさんじゃん？

「……そ、それより、これ、くれるとか言ってたよね？」チラリッ。

つーか、貰うよ？　これ貰うからね？……今更返してとか言わないよね——プリーズ。

解呪くらいなんぼでもするしさぁ——い、いいんだよね？　うひっ。

「タラーリ」「涎をたらさない」

おっと、ジュルリ。

「しまりない顔すんなや」

おぉ～っと、キリリッ——って、顔はほっとけや‼

「顔関係ないやん⁉　な、なんなん、皆して——？　もしかして、ダメ？」

いや、

「ダメというか、」「なんというか、」「理解が追いつかないというか——」

え、え～っとぉ……。うーーーーん、とぉ。

「ど、どうしましょうかぁ？　えへへ……」

「おい、ギの字——シャンとせぇや。……で、千年の呪縛いうんはこれで終わったんか？」

え？　あ。あー……。

チラリと長老を振り返るギムリーが、ダークエルフ側が全員硬直しているのを確認して
一度瞑目——うん。

「そ、そうみたいですねー……あははー」

ここ数年で一番乾いた笑いをうかべつつ、呆然とした表情でへたり込むギムリー。その目の前では、すでに4つの魔王シリーズを解呪したゲイルがホクホク顔。

……そう。4つである。魔王シリーズは、もとより里にあった『頭』をはじめ、ダークエルフたちが生涯をかけて集めてようやくの4つ。

それは、『頭』『体』『左腕』に……そして、『皮膜』であった。

「そう、千年かけて、4つだけ、です――……」

そう、千年。……あぁ、千年。千年の間――。

「よ、ようやく――ようやく……!」

ああああああ!

　あああああああああああああ!

　　ああああああ、ああああああああああああああああ!!

「…………ぁ、様」

か、あぁ様!　うわぁぁあああああああああああああ――!

ありがとう!　ありがとう――……ありがとう、ゲイル・ハミルトン――。

「ありがとう……!　ありがとう。……ありがとうございますッ」

う、う、う、う、うわぁぁぁあああああああああ!!

千年の呪いから解呪されたミネルバ。彼女は今や顔を紅潮させたまま、ぐったりとして眠（ねむ）りに落ちていた………。

そのミネルバを抱（だ）きしめてむせび泣くギムリー。思わずもらい泣きするモーラ達（たち）。

しかしその一方でいまだに事態についていけないのは男たち。

「——バ、バ、バ、」

馬鹿なーーーーーーーーーーーーー！

「うわ、びっくりしたー。な、なに?!」

なになになに?!

「うぅ、ぐすっ。な、なんですか、アスゲイト……急にぃ」

「いや、なんですかじゃないわ!!　ひ、姫（ひめ）ぇ！　ど、どどど、どうぅぇぇぇぇぇ？」

どーなってんの?!

「え？　今ぁ？……いや、だから、見ればわかるでしょ？　解呪したみたいですねぇ」

「ええええええええ。み、見てもわからないから聞いてるんですがぁぁあ?!

ど、どうやって？

「……いや、スポーンて」

「ええええええええ。スポーン？」

「はい、スポーンて」

スポーンて……。まぁ、スポーンだったわね？

拍子抜けして、何と答えてよいかわからないので、顔を見合わせるギムリーたち。

……っていうか、いつの間にか瘴気も消えて空気がスッキリ――ちょっと、酸っぱい臭いがするくらいだけど、これは生活臭だ。……って、

「えええええええええええええええええええええええええええええ！」

あ、今度はアスゲイトが壊れた。なんか長老も硬直しているし――おーい、もしもーし。

「お、おまえ！　人間！　に、人間が、そ、それ、ど、どおおどおおどどどど――」

ほんと、壊れた……。

「え？　どうって……。スポンって感じで――」「スポンッ！　どう、スポンだぁぁ！」

いや、うっさいよ、この人――。

「え～っと、なんか面倒くさいんですけど――とりあえず、これ、貰っていいんですよね？　そう聞いてますけど――？」

いいんだよね？――チラリッ。

本来の持ち主ミネルバはいまだぐったりとしているので、ちょっと答えられそうにない。

……とすれば、ナンバー２の長老さんっ。

「え～っと、いいんですよねぇ？」「む、むー……。い、いいのか、な？」

ううーん？　と、長老も首を傾げている。……というか、なんか髪抜けてません？　アスゲイトもそうだけど、魂も抜けてません？──大丈夫ぅ？

「お前が言うなや──」

うっさいよー。

「っていうか、おおおおい、貴様!!　も、ももも、貰ってどうする!!」

「え？　いや、え？　まぁ、改良して──売る？」

う、売るぅぅううう⁉

「う、ううう、売るな！　バカ！」

「バ⁈……ば、馬鹿じゃねーよ！　売るのはあくまでも、欲しい人がいた時だけだよ！」

──俺、呪具屋だもん！

「はぁっぁあ⁈　じゅ、呪具屋だぁぁぁあああ！」

いや、なによ？　最初からそうだっつってんだろ!!　もー。

でもまぁ。……まずは、そうだなー。

「分析して──」

「分析すな！」

「改良して――」

「改良すな！」

「装飾して――」

「装飾すな！」

「量産する――」

「「「量産はするなぁぁぁぁぁっぁああああああああ！」」」

はぁはぁはぁ、

「く……。だ、ダメだ。理解が追い付かん」

「それは同感ね」「右に同じー」「あはは、ゲイルさんらしいですよ」

どういう意味だよ?!

「なに？　なんなのさっきから――解呪してって言ったからしたんだけど、ダメだった？」

「いや、ダメとかでなくてですねぇ」

こう。……常識の範囲？

「いや、べつに解呪くらい常識じゃね？」

「なわけないでしょ！　千年の呪いって言ってたでしょ！　しかも、魔王よ、まおー！

ふつう解呪できるのがおかしいんだからね！」

そう、アンタはおかしいの。アンダスタン⁉

「そうかなー？　これくらい普通(ふつう)――」「「「「普通ではない」」」」

そんな普通があったら、千年間ダークエルフは呪われてはいない。

つーか、おおおおおい‼　い、今更だけど、

「……ゲ、げげげ、ゲイル！　なんか色々出てるわよ⁉」

「おわわ！　触手とか針とかニュルニュルが出とるぞ！　だ、だだ、大丈夫かいな⁉」

ズォォォォオオオオン……！

　ズォォォォオオオオオオン――――！

あー。

「……なんか、付与(ふよ)効果が無茶苦茶(むちゃくちゃ)ついてるねー」

いやいや、付与効果の話しとらん。

「すげー……。俺ドキドキしてきた」

いや、皆ドキドキしてるからね？　見てれば分かるよね？　皆びみょーに距離(きょり)取ってるからね？　ついでにこっそり武器構えてるからね？……なんでかわかる？

それぇ、魔王だからね？　MAOH(エムエーオーエイチ)、魔・王！

YOUさー、それ被った瞬間『フハハハ！　人類抹殺(まっさつ)ー』とか言い出さないよね？

「言わねーよ、なんだよ、ふははって――」

ま、それよりも見てよ！　すごくない⁉

「これ、ヤバいぞ！　こんな天然の呪具があったなんて……すげぇ、すげぇな、世界は」

うん。お前が凄いわ。いろんな意味で。あと、天然いうな。

「よーし！　インスピレーションがガンガン湧いてきたー！」

やーるーぞー‼　えいえいおー！

「……やらしていいの？」

「……やらしてええんやろか？」

「……やらかしてるからいいんじゃないですかー？」

あーっそっかそっかー。

「よーし！　家に帰って量産だ！」

「「「「それはやめい！」」」」

あかん。

「……監督せな、アイツほんまに魔王量産しよるで……」

「あ、あははー。それだけは全力阻止しないとですねぇ」

……で、

「な、なんで、そこで私を見るのよ」

「そりゃなぁ……。だって、リズネットは全肯定しよるやろし――？　そしたら、おまはんしか止められんしな……」

「パートナーですしねー」

ちょ！

「い、いやよ！　魔王よ?!　魔王の呪いよ！　そんなの私一人で――……って、なんで生暖かい目なのよぉぉぉ」

――なのよぉぉぉお!!

――のよぉぉぉおおおお！

すっかり解呪された正常な空気の中――。

魔王城地下にモーラの悲鳴が響いたとか響かなかったとか――。

……そして――。

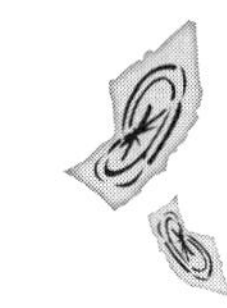

第5話「花火」

S Rank party
kara kaiko sareta
[jugushi]

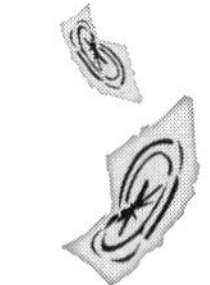

パンっ♪

　パパパンッ♪

　　ヒュルルルルルル～～～～～……パァッァン♪

「おー。すごいのー」「綺麗ねー」

ダークネスフォレストの最奥に咲く、夜空の花。それは、彼らダークエルフが、魔法の代わりに生み出した生存術であり、戦争の手管であった技術の産物が生み出した『炎の花』であった。かつて人の命を奪い、魔物を退けるための技術は、いまここにこうして歓喜を彩る技術として昇華されたらしい――。

「……『花火』って――名付けたそうですよー」

ほぉん。

魔王城地下で作られた極低温地域で取れる氷を砕いたものに、ダークネスフォレスト産の果実を絞った氷菓子を手に、の～んびりとやってきたギムリーが空を見上げながら言う。

「――いい名前じゃない」「その名の通りやのー」

はい、どーぞー。

「お、気ぃきくやんけ」「ありがと」

シャリリ……ん～～～～おいしっ！

「いえいえ、どういたしまして――――こちらこそ、感謝ですよぉ……」

しみじみと言うギムリーの顔はどこまでも穏やか。

そのニッコリと笑う顔は、これまでに見たこともなく美しく咲いていた。

「おっどろいたな……。お前そないな顔できたんやな？」

「え？」

「ふふっ……いい笑顔って意味よ――」

つんッ。

「ああ、ああの……」

モーラに頬をつつかれて初めて自然な笑みを浮かべていたことに気付いたギムリーが珍しくはにかんで顔を染める。

どうやら、歓喜の花はダークエルフの人々の心にも咲いているらしい。

「ええやんけ――そうやってるほうが、男も寄ってくるでぇ」

「うるさいですねー。普段(ふだん)は寄り付かないみたいに言わないでくださいよ！」

寄り付かんやんけ――ケケケ！

「ふんっ。……シャリナにだけは言われたくないですねー」

「なんやてぇ！」

むむむむむ！　ぐにににに！

「はいはい、そこまでそこまで――せっかくの、夜でしょ」

にらみ合う二つの顔をムギュっと押(お)しのけ、モーラが無理矢理(むりやり)空に向ける。

パン♪　パパパン♪

「そ、そうでしたねー。祝いの席でシャリナの仏頂面(ぶっちょうづら)を見てもしょうがありませんねぇ」

「そーそー。空見てる方がええで――……って、誰(だれ)が仏頂面やねん」

あははは！

「ふんっ」

「ふふ。いい夜ですね――火薬もこうして役立つなんて、今日はじめて知りましたよ」

「ほぅ。そうなんか？　その割に手慣れとるようにも見えたけどなー」

「あはは。……もう、それほど必要ないでしょうし――なにより、それを戦い以外で使うなんて発想も、案外今日初めて思いついたんじゃないですかねぇ」

自由な発想。

自由な使い道
自由な空――。

次々に打ちあげられる花火は、ダークエルフの職人たちの手によって里中の備蓄を使い切らんばかりだった。……だが、それでいいのだ。はしゃぐ彼らを見ていると、今にも地上で破裂しそうで冷や冷やするが、それでも、誰も止める者はいないほどの浮かれっぷりだ。

なにせ千年。……千年間もの閉塞が今日、初めて解放されたのだ。

魔王が破れ――その支配から解放された時よりも、魔族として虐げられた日々と、人々の記憶から忘れられた日々よりも――……今日という日がダークエルフ、最初の解放の日になるとはだれが知りえようか。

「もっとも、その立役者があれやでなぁ」

シャリシャリと氷を噛みながら、お代わりに酒をぶっかけて飲み干す視線の先には――

多くのダークエルフに囲まれながらも、一心不乱に布で武具を磨き続けている男がいた。

ニヤニヤ
うひひひひ

音が聞こえるほど気味の悪い笑みを浮かべて、周囲の美人ダークエルフやイケメンエルフをドン引きさせながらも、一心不乱に――。

「……む。ちょっとあいつ、デレデレしすぎじゃないの？」

「安心せぇ、女に興味はないで――あれは、」

――こ、こりゃぁすげぇっぇえええ!!

「そ、そうみたいね……」

なにやら、魔王シリーズのうち、『頭』を分解しながら雄たけびを上げるゲイルを見て、微妙な笑みを浮かべるモーラ。そして――大丈夫や、安心せぇ、あれで通常運転やでぇ……と、慰める必要もないシャリナ。

何だかんだで長旅の果てにあったのはこれだと拍子抜けだ。結局、いつものゲイルが、いつものゲイルをしただけだった――。……そう。こうして、ダークエルフを千年呪い続けてきた最悪の呪いは解かれることとなった、こう……なんというか、スポーンと。

「ええ、スポーンですよー」

スポーンは、ちょっとばかし寂しげに――。そして、スポーンに終わる……。

あはは……なんなんですかねぇ――。

「それはそれでええやんけ……。まったくゲイルはたいしたやっちゃで――」

なんや終わってみたらあっさりしとったのー。

「そうねぇ。きっと、普通はこうじゃないと思うんだけどね……」

でなければ千年前に、勇者だか天使がスポーンとしてる。だけど、それがゲイル・ハミルトンなのだろう。――意外ではあったが、納得しているモーラ達もいた。

「せやなー。ゲイルやしなー」

「……ほんと、ゲイルですもの。――規格外だとは思ってたけど、まさか、魔王の呪いまでスポーンしちゃうなんてね」

もはや、スポーンが固有名詞化してきたが、それはさておき、すでに魔王城地下から帰還した面々は、ダークエルフの里の公民館のようなところに招かれて、千年ぶりの解放に沸き返っていた。そして、冒頭のように、現在は夜空には花火が輝き、飲めや歌えの大宴会――。……ここがダークネスフォレストの最奥にあるとは思えないほどだ。

ちなみに、件のミネルバは――公民館奥の豪華なソファーに腰かけているが、ぐったりとしつつも、気丈にふるまい、千年ぶりの自由を謳歌するように、一族と抱き合い、酒を酌み交わしていた。

あぁ、あれが本物の英雄の姿なのだろう――。あれこそが、千年呪いに抗ってきた最強の戦士にしてダークエルフ族の長、勇者――ミネルバなのだろう。

……ちなみに、改めて言うが――ボインボインのめっちゃ美人さんである。

「いやー、ほんと私もびっくりですよー。まさか、こうもあっさりと……いやはや、これから我々はどうしようかなーって感じですねぇ」

千年間それだけ（一族の解放）を考えてきたのだ。

「あー……。そらぁ――好きに生きたらええんちゃうか？」

千年、それだけを考えてきたのなら、逆にそれ以外のことをいくらでも考えればいい。

……千年の長きにわたり、魔王の呪いを解くために奔走（ほんそう）してきたダークエルフ族。一度は勇者たちによって魔王の呪縛（じゅばく）から解き放たれ、そうして、千年後に再び、呪具師（じゅぐし）ゲイルの手によって、魔王シリーズの呪縛から解き放たれた。

「好きに――――ですかぁ」

好きに、ねぇ。

「ま、すぐに思いつかなければ、思いつくまでいつも通りにしてたらいいんじゃないの？」

「はぁ、いつも通りですかぁ？」

そーそー。

「流行（はや）らんギルドのマスターとかなぁ」「インチキ・クエストの増産とかねー」

あー、なるほどー。

「……って、喧嘩売ってます？」

「は！　買うてみぃ、実際事実やんけ」「そーそー。やっすい報酬で冒険者騙したりねー」

くくくくく。

うふふふふふふふ。

「あははははははははは！」

そうか、そうだよね……。

「これが自由に生きるということか――」

呪縛も、

呪いも、

しがらみもない人生――。

……自由に生きる。

そう、自由に――。

「いいですね」

「ええやろ？」

「いいわよねー」

くすくすくすくす。

「ほなら、手始めに乾杯(かんぱい)しよやんけ――正味、ウチ等なんもしとらんけどなー」

「まーまー、もともと護衛が仕事みたいなもんだったし……」

「ゲイルさんに護衛が必要だとも思えませんけどねー……今更ですけど」

くっくっくっく!

「よっしゃー!　乾杯やでぇぇぇ!　おーい、ゲイルぅ!　お前いつまで、しこしこ呪具磨いとんねん!」

「んーもうちょい……」

あー。……ああなったらだめだ。

「ほんっと、呪具に目がないやつ」

「嬉々(きき)として魔王シリーズ磨いてますね――……っていうか、あれ分解してません?」

あ、ほんとだ。

「つーか、あれ分解どころか、図面起こししとるな、採寸して、材料分析して――」

「……へへ。量産できそう」

「「「…………」」」

それはやめーーーーーーーーーーーーーーーーーーーい!!

ドッカーーーーーーーーーーーーーーーーン!!

陽が暮れても、夜が明けても、新しい日々が始まっても、呪縛から解き放たれたダークエルフたちの宴は続いた。

そう。もはや、誰にも束縛されず、彼らは自由に生きることができるのだ。

千年の時を耐え忍んだ、戦士たちよ――。

今は安らかに。

今こそ、安らかに――。

※　※　※

その頃――……。

「馬鹿な……！　馬鹿な……！」どうしてこんなことにぃぃぃ……。

エーベルンシュタットで大宴会が開かれているまさにその頃。魔王城の地下で、ひとり怨嗟の声を上げるのは、ダークエルフの青年、アスゲイトであった。……彼はここに残った僅かな瘴気を吸い上げようと、肺腑を凝らしていた。

「くそ！　くそ！　あ、あんな簡単に呪縛が解けるだと⁉　あ、ああ、あんなことで魔王の……魔王シリーズの回収と、魔王様の復活を実現できないだとぉぉお⁉」

ならば何のために！

何のために今まで生きてきた⁉　何のために同志たちは散っていった⁉　何のために！

「くそぉぉぉっぉおおおおおおおおおおおおお!!」

——ガァァァアアン!!

少し前までミネルバが座していた、魔王の玉座を殴りつけ叫びをあげるアスゲイト。

呪縛が解き放たれた今、誰も訪れることのないその深い地下で青年は慟哭していた——。

そして、その一方地上では、

「ギムリーよ」「あ、ミネルバさ、ま」

よいよい。

酒宴を抜け出して黄昏ていたギムリーのもとを訪れたミネルバ。疲れた表情もさることながら、憑き物が落ちたように晴れ晴れとした顔でギムリーに優しく語りかけると、反射的にひざまずこうとする彼女を立たせ、逆に、その隣に腰掛けた。

ここは魔王城地上部の一番高く残った遺構の一部。かつては望楼があった場所だろう。

「ふ……。空気がうまいな——」「はい」

すうと、胸がすくまでゆっくりと呼吸するミネルバ。

「ふふふ。……千年、ぶりか」「ええ、千年ぶり、なのですね」

千年ぶりの深呼吸。

そう。魔王シリーズに侵されてから、実に千年ぶりの深呼吸だった。……今も、体は目

をそむけたくなる程に傷だらけのズタズタだ。おまけに、あちこちに包帯がまかれている
——それでも、千年ぶりの深呼吸だ。

すー。

はー。

それほどに深い呪い。……回復魔法でも回復できないほど、深く呪われた体は今も血を流し続けているのだ。

……だが、それでも、だ。

「千年か……」「千年、ですね」

「そう。千年ぶり、だな——」

そっと、ギムリーの頭を抱き寄せるミネルバ。

「すまなかったな——」「いえ、一番お辛かったのはミネルバ様ですから」

ふふっ。

「そう畏まるな。……お前は出来た娘だよ」

だから、な。

「二人きりの時くらい、母と呼んでくれ」「ッ……！　は、い。母様——」

ギュッ！　空に瞬く星と、降ってきそうなくらいに巨大に見える月夜の元。ギムリーは

ミネルバの胸でむせび泣く。

呪われし一族の姫として生まれ。瘴気に対する耐性を得るがためだけに、魔王シリーズに呪われながらも、何人もの子を生したミネルバの愛しい数十の子供たちの一人。

呪われし一族は、初めて、自由を謳歌し、初めての穏やかな夜を過ごす。そして、

「お前には、これからも不自由を強いることになるな――」「はい……。いえ」

だが、ミネルバはハッキリと告げる。……だって魔王シリーズはいまだ、世界に散逸しているから――。そして、ゲイル・ハミルトンの手によって解呪されたとはいえ、まだ、何も終わってはいないのだ。すなわち――。

「……すまない、我が娘よ――」

「覚悟はできています」

コクリ。

「……人の命は短い。ほんとうに短い、それは瞬きのようなものだ」

「はい」

ダークエルフは悠久の時を生きる。

そして、魔王も……。魔王シリーズもまた悠久の時をあり続ける。だが、呪具師は？

……呪具師ゲイルは？――魔王シリーズを解呪したゲイル・ハミルトンは？

「彼を見守り、そして、」「はっ……」

そして、あの類まれなる技を後世に伝えるのだ――。

「つまり、子を生すのだ。ギムリーよ」「はい…………って、」

は？

「え？　は？　子？　は？　こ、子供⁉」

「うむ、子供だよ子供。可愛(かわ)い可愛い、やや子じゃ」「あ、はぁ……」

まぁ、そりゃいずれそういうことも有るでしょうけど――ゴニョゴニョ。

「え？　ちょ、ちょっと待ってくださいよ？　母様、」

えっと、この流れって――チラッ。

眼下では、未だ続く宴会(えんかい)のもと、シャリナに絡(から)まれつつ、モーラにしな垂れかかられながらも一心に呪具をいじり倒(たお)しているゲイル・ハミルトンがいた。

「い、いやいやいやいやいやいや！」

ないないないないないないない！　ないですって‼

「だ、だって――いやいや、か、母様――む、無理ですって！　人族ですよ⁉　あっという間に死にますよー」

「だからこそだ」

いやいや、わかってない。この子だくさん母ちゃんはわかってない。

「子を生すって、そんな簡単じゃないですよぉ」「そうか？　こう――ずっぽりと」

スタァァアアアプ!!

「そ、それ以上はその――ごにょごにょ」

うん？　うん……。

「………うんんん?!　ま、まさか、お前――ダークネスフォレストから出て、今までそういうことなかったのかい！」

「うがー！　声デカイですって！」

そういうことの一つや二つは、その――。ゴニョゴニョ、ゴニョリンコ。

「ふふんー。まだまだ未熟よのー、わが娘よ」

「いや、母様が経験豊富なだけですって――それに見てくださいよ」

あのゲイル・ハミルトンの周囲を。

「ふむ？」

ミネルバの視線の先にも、すでに二人の女。

「――でしょー。………まぁ、シャリナはあれですけど」

「(何があれじゃー！　って、なんや？　今、ギの字に馬鹿にされた気がしたで)」

と、視線の先でキョロキョロしながら酔っ払いが騒いでいる。

「……まぁ、あの通りですけど、ほら、モーラさん。あれは手ごわいですよー」

「そうか？　別に妻の二人や三人構わんのではないか？」

いやいやいや！　それ千年前の価値観！――っていうか、千年前も人間は結構身持ち固いんですって！……稀に例外もいますけど。

「他にも、町に一人。別の女が狙ってますし――聞けば、あちこちで何やら、ねぇ」

「ふん。構わんだろう。……待っていればチャンスもくるさ、なにせ我らはダークエルフ」

千年を戦い、千年を耐え――悠久の時を生きる一族！

「……あのー。あれでいてゲイルさんは人間ですよー。せいぜい、五十年？　若い時分はもっと、短いですよぉ」

「む。そうであったな……」

まったくこの母ちゃんときたら――。だいたい、ギムリーなど相手にされるはずがない。

「……ふっ。だが、憎からずは思っているんだろう？」

「ぐむぅ……。ま、まぁ、その――嫌いではないです」

ちょっとマイペースというか、自己中というか、空気が読めないというか、頭おかしいというか、呪具マニアというか……あれ？　いいとこなくない？

「ふふふ。あはははは！　結構！　実に結構じゃないか！――いいさ、おまえに任せよう」

「え？」

任務じゃ……。

「なに。そう堅苦しく考えるな――お前の子でなくともよい。ゲイル・ハミルトン――あの勇者の意志を継ぐ者が次の世代に繋がればそれでよい」

そう。千年前に魔王を降したあの者達のように――。

「言ったであろう？　我らは自由だ」「っ！」

そうだ。……そうだった。

「自由……。自由か――」「そう、自由だとも――」

だから、好きに生きろ。

「…………………………はい！」

そうして、エーベルンシュタットの夜は更けていく。

世界を人知れず守って来た戦士たちの休息とともに……。

※　※　※

ミネルバは、久しぶりに夢を見ていた。……それこそ千年ぶりの夢だった――。

それは、あの日、あの時、あの刹那に邂逅した時の懐かしくも愛おしき夢――。

そう、彼の者との夢――――……。

　ゴォォォォォオオ――。

「クッ……。どうした、勇者よ？　なぜ、我にトドメを刺さない？」

あの日――。魔王が討たれた日……。

倒れ伏すは、ミネルバと魔王の二人。そして、二人の前に敢然と立つのは、輝く装備に身を包んだ青年――勇者と呼ばれる者であった。

「トドメ？……なんで？」

心底わからないとばかりに首を傾げる青年。余裕ともいうべきか、黄金色の輝きを放つ剣を肩にして首を傾げるその姿に、わずかに敵愾心を燃やすミネルバは叫ぶ。

「なんで、だと？」

それを問うのか、それを！

……我に、それを！

思わずそう反駁しそうになるのをこらえるのがやっと――しかし、青年は本当にわからないのだろう。しばし硬直したように立ち尽くし――やはり、意味がわからないとばかりに視線を上に向けて言う青年を見て、ミネルバもやはり、わからない。なぜなら、彼女らは魔族。そして倒れ伏すのは魔族の王にして、すなわち魔王なのだから――。

……ならば、トドメを刺すのは当たり前で、息の根を止めた後にその死体を晒されても文句は言えない。言うべきどころか、むしろそうすべきなのだ――。それくらいのことをしたし、されてきた。……だからこそわからない。それとも――あぁ……そうか。

「そうかそうか。――それともなんだ？　我を犯すか？」

肉感的な体を煽情的に指でなぞるミネルバは嗤う。

そうか。そういうことか――。

ふふふふ。ふははははははは！　なるほどなるほど！　勝者の権利か！　ふはははははははッ！　そうだ、その方が納得がいく！

そうでなくてはならないッ！　そうでなくてはなぁ！　つまり、我ら魔族がなしてきた悪行に報いるなら、それこそが魔族へのバツだろう。そして、幸いにして、ミネルバは悪魔ではなく、生身を持ったエルフのそれだ。青年の獣欲を存分に満たすことができるだろう――四天王の中では随一と呼ばれた美貌の持ち主とも自負している。

「いいだろう！　存分に犯すがよいわッ！」

あーっはははははははは！

「……え？　なに？　犯す、オカス――あ、カオス？」「逆読みではないわっ！」

ふざけるのも大概にしろッ！

「いや、別にふざけているわけじゃ――」

「笑止ッ！……こんな屈辱生まれて初めてだ！　さぁ、さっさと殺せっ！　それが出来ぬのなら、兵にでも下げ渡すがよいッ！」

それくらいのことはしてきた！

それくらいしか報いることは出来ぬ！

それで幕としろっ！

……我らが生き残るためとはいえ、この手で奪った命はあまりにも多すぎるのだから！

「え、えー……。ドン引きなんですけどぉ」

それよりもさー。

――ぞわぁっ。

ニチャァア。そう言って動かぬ魔王を見下ろすと爛々と輝く目で、舌なめずり。

「うひっ。うひひ……。こ、これは凄いぞ！　こんな素材初めてだぁああ！」

「――……は？」

い、いまなんと？……そ、素材っ⁈　いま、『素材』と言ったのか――？

その瞬間得も言われぬ恐怖感に囚われるミネルバ。だって、そうだろう？

（――ま、魔王様を『素材』だと⁉）

その瞬間、何と言っていいのか、言葉の通じぬ魔物――……いや、まったく異なる生物に出会い、捕食されようとしている恐怖に近いものを感じるミネルバ。ただただ、恐怖。初めて魔王様を前にしたとき以上の恐怖が――そう、純然にして根源たる恐怖がッッッ！

「ひっ」

な、なんだ。なんなんだ……。

「な、何なんだお前はぁぁあああ！」

――ああああああああああああああああああああああああ！

そうして恐怖するミネルバを前に、勇者は嬉々として魔王を抱きかかえると、なんともまぁ――血も滴るそれを、ザクザクザクゥウッ……と！――ひぃぃいい!!

「うふっ、うふふふ、あはははは！」

あーーーーっはっはっはっはっはっはっはっはっはぁぁああ!!

「いいぞぉ、いいぞぉ、これいいぞぉ」

うひひひひひひ！　手、足、胴の四肢をもぎ取り、そして、羽と頭を千切ると、文字通り八つ裂きにして見せる青年が、高笑いを続ける。

顔に血を受け、

体に骨髄を浴び、

魂に呪い浸されながら、なお！――嗤う！

「そうだよ！　これだよ、これぇぇぇぇぇ！」

あーっはははははははッッ！……ぞんっ！

そう言って、ブチブチと音を立てて分割した魔王の体に歓喜する青年は、気味の悪い笑みを浮かべつつ頬ずりしながら、それを袋に詰めると、嬉々として吠える。

ふぅー♪　たまんねぇ。

「いやー。いいよねー。たまらないよねー。な～んかダサい剣持たされて困ってたんだけど、やっぱいいよねー！　魔族の装備とか悪魔のフォルムって――」

――うっひょぉぉおお！

もう絶好調とばかりに叫びつつ、うっとりと魔王のそれを掲げて微笑む青年。

「い～～～ひひひひひひひッ！」

「……ば、馬鹿な。馬鹿な……」

――馬鹿なぁぁ！　ま、魔王。魔王だぞ⁉　あの魔王だぞ⁉

三千世界を滅ぼす魔王だぞぉぉおおお！　そ、それをぉぉお……‼

「う～ひひひひひひひひひ！」「ひぃぃいいいい――！」

初めて死を覚悟したミネルバ。そして、死以上の恐怖をも感じるミネルバ。

だって、だって――だってぇぇえ！――あ、あの魔王がただの素材だとぉぉぉぉおお!!

恐怖恐怖恐怖恐怖。その狂気、恐怖、脅威たるや――。

「む、むり……」

コイツは無理だ。思わず四天王と呼ばれたミネルバが後ずさるほど。

「んー？」……じろり。

「ひっ！」

そして、ダサい剣こと、聖剣を適当に地面に刺すと、なぜかミネルバを値踏みするようにして、揉み手をしながらすり寄って来るではないか――！

「ひ……ひ、ひ、ひぃ――」「あー……。よく見ればぁ」

ミネルバに近寄り、その頬に触れて支えると言った。

「な、な、な」

――ぞわわわっ！

「く、来るな……」

来るな、来るな。

ずりずり――。

「お姉さんも、い～装備してるねぇぇ！」

――来るなぁぁぁああああああ!!

い、い、い、

「いやぁっぁぁぁあああああああああああああああ！」

その叫びもむなしく、ぬぅ～……！と、その手が伸ばされた。まさにその瞬間――ミネルバの意識は闇に落ちた、そうして、意識が落ちた後のことはよく覚えていない。

ただ、魔族と呼ばれた戦士たちは魔王から下賜された最強の装備を身にまとっている。それがあれば戦意は高揚し膂力が漲る無敵の装備だ。

それがなぜか……。

そう。……次に目が覚めた時、自身を縛り付けていた呪われし装備がすべて奪われており、ほとんど裸に近い恰好で転がされていたのであった。

――そしてあとに残されたのは、生けるミネルバと、半端に解体された魔王の残骸のみであった。それが最初にして、最後に見たあの青年の姿であった。のちに早逝したと聞いたが……そう、それが勇者と呼ばれた青年とミネルバの最後の会話であった。

「……ふっ。呪具師ゲイルか――」

寝所にて目覚めたミネルバは、窓際から空を見上げ、そっと空に瞬く星に手を伸ばし――ギュッと握りしめた。

千年ぶりの熟睡（じゅくすい）。千年ぶりの……夢。――そして、千年ぶりの再会……。

ふふふ。思い出すな、あの笑顔、あの笑い、あの狂気（マイペース）――。

あの時はただただ恐怖しただけではあったが、今にして思えば、活（い）かし、生かされたのはミネルバであった。……だから、いま思うは旧友に再会したような清々（すがすが）しさ。

恐怖は思い出に、

思い出は、美しく――。

……あぁ、また会ったな。

「勇者よ……」

未（いま）だ続く宴の中、回収された魔王（まおう）シリーズを片時も離（はな）さず抱きしめながら酔いつぶれているゲイルを見て、優しく――そして、懐かし気（げ）に頬を染めて笑うミネルバだった。

※　※　※

そして――地下では、

「くそッ！　くそくそくそぉぉおお!!」

もう少し、もう少しで悲願がかなうという時に、どうしてぇぇえ!!

アスゲイトは、ただひとり慟哭(どうこく)していた。

一族も、手下も、家族も、何もかもを排(はい)して、ただただ叫ぶ――――!!

「あと少し……！　あと少しだったんだぞッ！」

何年かけたと思っている⁈

何十年計画したと思っている⁈

何百年思い続けていたと思っているぅぅう！

「――ゲイル・ハミルトォォォオオオン!!」

そう、アイツを思い。

アイツを憎悪(ぞうお)し、

アイツを、

アイツを、

アイツをぉぉおおおおおおお！

「――うがぁぁあああああああああああ!!」

バンバンバンッ！

「はぁはぁはぁ……」

くそぉぉおっ。ふざけた奴(やつ)め――！

――がくっ……。

ひとしきり叫んだあとは酒を散々に飲み散らかし、脇目もふらずに魔王城地下で暴れまわった後――ふと冷静になる。そこはかつて魔王が座した場所にして、ミネルバが自らを封印していた場所――そして、『魔王』に最も近き場所だった。

だからだろうか。……まるで呼ばれたような気がした。そして、その声に従うように、アスゲイトは天啓を得た気でいた。いや、得たのだ――。

「そう、か」

奪われたのなら、

「奪い返せばいい」

戦っても勝てぬのなら――……。

「――自ら死地に赴かせればいいのだ!!」

ドサリッ!

「ふ、ふふふ……」

かつて魔王が座し、ミネルバが自らを封じていたその玉座に腰を据えると、一人笑うアスゲイト。

ふふふふふふふ……。

ふははははははははははははははははは！

「ふはーははははははははははははははははははははッ！」

ここは魔王城が地下ッ！　そして、生きているダンジョンがここにッ！

――いまも、まだッ！　そうとも、

「……魔王シリーズが好きだと言ったな、ゲイル・ハミルトン！」

バァン‼

「ならば……」

――ならば、本物の魔王はどうだ⁉　本物の悪魔の王にして、魔族を統べた――かの魔王が来た魔界ならばなおのこと、どうだぁっぁああ‼　そしてぇぇぇえ！

ふふふふ、
決めた。もう決めた！

「ふはーっはっはっははは‼」

「――お前は魔界に行くのだ、ゲイル・ハミルトーーーーン！」

――ゴォォォォオオオオオオオオオオ！

まるでアスゲイトの叫びに答えるようにして、玉座の裏に隠された「真の魔王城」その裏ダンジョンが瘴気を吹き出す。そう、伝説の地——ギムリーをして見たことがないという『異界の門』が眠るとされるダンジョンが！

それは、まるで誘うように。まるで顎をあけるように！　叫びをあげる！

……そうとも！　まさに魔界がお前を待っているぞ、ゲイル・ハミルトーーーーーン。

「だから、来い!!　ここに来りて、地下におりて、魔界に降りて、あの世に落ちるがいいわぁぁぁあ！」

——はーっはっはっはっはっはっは!!

そうして、何かを思いついた風のアスゲイトは、高笑いのまま、地上へと帰還を果たす。

目的地はもちろん————。

第6話「異界の門(デモンズゲート)」

S Rank party
kara kaiko sareta
[jugushi]

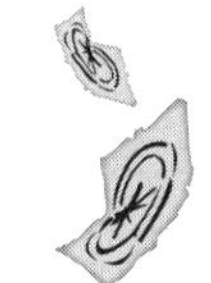

かーんかーんかーん！――ぶしゅぅぅう！

「ふぅ」

汗(あせ)をぬぐうゲイル。目の前には改良中の『魔王シリーズ』があった。それは、もちろんそのままでも素晴(すば)らしいのだが、やっぱりちょっとデザインが、ゲイルの思うよりもなんというか――古臭(ふるくさ)い気がする。……うん。

「まー。これはこれでありっちゃ、ありなんだけどねー」

一応危ないし、危険性を排除(はいじょ)する目的もあるし、他人が近づくと誰かれ構わず呪おうとするのはちょ～～～っといただけないしー。

まぁ、そこが可愛くもあるんだけど――。

……うふ。うふふふふ。うひひひひぃぃい！

「うん、とちゃうわ‼――だいたい、可愛くもなければ――ぶしゅうう！　でもないわーい！　ほんで、なにを蒸気みたいに瘴気かけとんねん！」スパコーン！

――しかも、気持ち悪い笑い方しおってからにー！

「いったいなー。なんだよもう――別に蒸気と瘴気をかけてないよ？」

「そのかけるとちゃうねん、ややこしいねん」

なんだよもー……頭すりすり。

いつのまにか、ゲイルの背後には、額にハチマキをしたシャリナが、タオルで汗を拭き拭き、今の今まで作業中でしたーっと言わんばかりの出で立ちで立っていた。

「言わんばかりやのーて、マジで作業しとったちゅうの」

「じゃー、作業続けてなよー」……人の邪魔してないでさー。

……ちなみに、ゲイルが塗装よろしく――ぶしゅううう！　と、スプレーしているのはダークエルフの鍛冶屋さんに無理を言って借りている工房にあった動力源である。

――決して、蒸気でもなければ、カラースプレーでもない。そう！……瘴気である！

「なにが、『そう！　瘴気である』――やねん！」スパーン！

「いっだ!!　そ、そりゃ、呪いには呪いでしょー」

「いや、なにが『そりゃ』か、わからんわぃ――。魚に塩ふってんのとちゃうぞ」

ったくもーと、頭をガシガシ掻きながら呆れ顔のシャリナ。

どうやらシャリナはシャリナで隣の部屋でほんとに作業中だった様子。

「……で、なに？　見学？」

「せやでー……って、アホッ！　お前の独り言がうるさぁて集中できんのや！　ったく」

ぽりぽり
「ほれっ」

そう言って半端に製錬中の素材を投げてよこすシャリナ。

「わっ！　なに――……あ、軽っ」「オリハルコン――の、出来損ないや」

苦虫をかみつぶしたような顔のシャリナが、不貞腐れながらも愚痴をこぼすほど――なるほど、例のオリハルコンらしい。

「はぁ～……。こらぁ、一朝一夕でできる代物やあらへんな」「へー」

へー……って、お前。

「なんか思うとこないんかい？　これ、半分はお前の分野やぞ？」「へ？　俺？？」

オリハルコンが、どうゲイルと関係するというのか――。

「ふんっ。魔界産の鉱石や言うのも納得や――魔王城の建材から採れる言うても微々たる量。しかも、製錬できるのはさらに僅か、そのうえ――」すっ……。

シャリナが腰から取り出したのは一振りのトンカチ――。

「試しに、加工道具から作ろ思たけど……御覧の通りや」

「え、御覧の通りって……あ、」

ぼろっ……。ちょっと持っただけで金属がボロボロと崩れていく。

「どや？　見ての通り、他の素材との相性が最悪、その上叩いても、焼いても冷やしても成形が困難と来とる」

……まいったでー。と、本当に困った顔のシャリナがそう言う間にも、トンカチの形を失い、なんだかよくわからない塊に縮んでいくではないか――。

「――で、どうやって加工しとるんか、ダークエルフの鍛冶に聞いたら、瘴気溜まりにつけて柔らかくするんやと――意味わからんなー」

「え？　瘴気で加工⁉　あ、ホントだ」

ぶしゅううう――と試しに動力源の瘴気に近づけると、熱を帯びて柔らかくなる素材。

「……って、おおおい！　そんな簡単にすんなやっ！」

あーあーあーあー。もー。

「……せっかくウチひとりでやっとったのにー、余計なことしとってからにー」

「え、えー？　俺が悪いの？」

じろっ。

「そこまでは言うとらんが、お前これ――……どうせ呪われとるんやろ？」

「え、そりゃそうじゃん」

ごんっ！

「それが余計や言うとんねん！」「いったー」

殴らんでも！

「あっほぉ！　お前の呪具はともかく、ウチが欲しいんは普通のオリハルコンや普通のぉ！」

普通ってなんだよ……。

「俺のも普通じゃん」「お前は普通とは言わんねん――ったくもー」

ガシガシ！

「参考程度までに聞くつもりで思うとったけど、やっぱ無理やのー。参ったのー……」

「んー。加工くらいならいつでも手伝うけど？……まぁ、呪われない方向で？」

できるかどうか知らんけど――。

「そうしてくれたら嬉しいんやが――。まぁ、毎度毎度お前の手ぇ煩わせんのもな……。それにや、」

目を瞑って、一人でうんうん、と頷きながら語りだすシャリナ。

「ウチにもウチの矜持がある――。お前かて、自家製の呪具に人の手加えたないやろ？」

「そりゃ、まぁ……」

「それと同じや。……それにな、ウチも聞いた事あんねん――かつてドワーフの職人伝説のなかには、ちゃ～んと独自にオリハルコンを精製したっちゅう話もな。それで言うたら、技術として確立するためにも、ウチの手でなんとかせんとあかんわな」

ふーん？　そういうもんなんだね。

「つーか、お前のほうはどうやねん？」「おれ？」

ゲイルのは、まー……。

「……ちょっと頓挫中かなー」「ほぅ？　珍しいな？」

……そう？

「ま。できなくはないんだけど、やっぱちょっと素材がねー。安全化しないと、付与効果が結構危険でさ――」

ゲイルであれば解呪は容易だが、さすがは魔王シリーズ。その付与効果があまりにも多すぎて、中には周囲にまで危害を及ぼすものまであると来た。……ちなみに、今現在はそれを何とかしようとしている最中だったりする。

「――ま、店に戻れば備蓄してるのが色々あるけど、出先だとどうしてもなー」

ほーん。

「……って、いやいや、待て待て待て。……お前の店に魔王シリーズをどうにかできる素材があるのは、それはそれで怖いで――つか、帰ったらお前んチの倉庫見せてもらうでぇ」

「え？」

胡乱な目つきのシャリナ。……な、なんでぇ？

「馬鹿たれッ！　お前の店は、一応、ウチの名義で貸しとるって、前にもゆーたやろが前にぃい！」

「せやったっけ？」

「おう――って、口調真似すんなや！……で、なにか？　お前んチには、魔王を加工できる素材があると――」

「うん」「即答すなっ！」

――すぱこーん！

「お前んチどないなっとんねん！……あかん。こら、あかんわ！　一刻もはよ帰るでぇえ！」

「え、ええー、なんでぇ？……まぁ帰るのは賛成だけど――」

お店もさすがに長期空けるのはねー。常連さんが敬遠しちゃうし、

（※注：常連、いません）

在庫だって、補充しないといけないし――。

(※注：大丈夫、全然売れてません)

「誰だよ、うっせーな！」

(※注：すみません)

「ああん？」

「いや、シャリナじゃなくて――……え？　あれ？」

「んー？　誰としゃべっとんねん？……ま、ええわ――それはそれとして。……そうなったら、ウチも早ぉに製錬過程に目途つけんとな。お前はお前で、素材ないと厳しいか？」

「そだねー。家に帰ればいいんだろうけど、帰るには時間がかかるし――でも、そこそこ時間をかければ何とかなりそうでもあるんだよねー」

家に帰っても完成するし、現地でも完成できる。つまりどっちに転んでも、できなくはないけど――結局かかる時間は同じくらい。……痛しかゆしだ。

「はー？　な、何とかできるて――な、なんやねん、その自信は?!……ほんまに、魔王さんの素材つこうた装備をどうにかできるんか？」

え？　まぁ？

「まぁって……おまっ」くっ！

これにはシャリナの職人としての矜持が脅かされる思い。……自分は苦戦しているのに、ゲイルは、できる道筋はたっているという――。

「うぐぐ……。こらまずいでぇ」

「でも、んー。もっといい感じにしたいんだけどなー。な～んか、こう足りないんだよ！」

そう言って魔王シリーズをマジマジと。

そうなんだよ。こうー……なんていうか、

「こうー……、ぶわぁ！　って感じのー」

ズォォォオオン!!

「曖昧やねん――って、どわぁっ！　な、なんか出とるでぇ?――おおい！　お前のイイ感じは終末か！　ったくもー」

世界滅ぼす気かー！　シャリナにはわからない感性なので、なおさらだ。

「んー。地下にいたガーゴイルとかでも一応代用できるんだけど、んー」

……も～うちょい、いい感じのがほしい。

「わからん、一個もわからん」

そもそも魔王シリーズがキモいねん!!

「キモくないよ」――ほらほら、みてみて！

「広げんな広げんな――マント広げんなー」

『魔王の皮膜』とかいう名の、マント型装備を嬉々として広げるゲイルに、シャリナはドン引き。だって、マントっていうか、どう見ても生物（？）の皮膚にしか見えない……。

しかも、脈打ってるし――怖っ!!

「あ、あかんわ……。これ、ほんまファームエッジ持って帰って大丈夫なんか？」

ダークエルフの皆さんは、どーぞどーぞって言ってるけど、これさ……厄介もん、押し付けられてる気がしないでもないな――とシャリナがそう悩んでいるとき、

「――おい、貴様！　悩んでいるようだが、なにか必要なものがあるのか？」

「ん？」「へ？」

あ、コイツ――。

「なんや、エルフの兄さん」「ふん。ドワーフに用はない――俺が用があるのはそっちだ」

そっち――。

「ん？」

俺？　みたいな顔で自らを指さすゲイル。

「そうだ。お前だ、お前――。さっきから聞いていたが、素材が要り用らしいな？」

「え？　ま、まぁ――そ、そうだけど……」

若干警戒気味のゲイルさん。彼にしては珍しい反応だが、そりゃ初対面で縛られたうえ、ズボン下ろされたりしたら警戒もする――――。

「ふっ。その謝罪もかねてだ――我らが集めたものでよければ提供しよう。……なに、一族の救世主だ、遠慮はいらん」

「……は～んっ、どういう風の吹きまわしや？　お前さんが、ゲイル嫌うとるの知っとるでぇー。いくらゲイルが鈍うてもそれくらいわかりよる――」

「――え、マジぃ?!」

ずるぅぅ！

――ちょろーい！

「つーか、はやいねん！　お前、落ちるん早すぎやろ！　チョロすぎかぁぁ！……ちょっとは警戒せぇや!!」

「え？　警戒って？　いい人じゃん」

「だ・か・ら、それがチョロいいうねん――素材くれるいうたら一発で靡くなや」

ジロッ。

「ほれっ。……どう見ても、腹に一物あるやんけ！……ったく、もー」

ゲイルには手が焼けるぜとばかりに、シャリナが世話を焼こうとする。はぁ……、

「おう——おまはん、何企（たくら）んどんのか知らんけど——……ゲイルがそう簡単に靡く思うなよ」

「ふんっ。……貴様に聞いていない。ゲイルと言ったな——ほら、これとこれならどうだ？　あとは、地下に行けばもっといい素材が……」

そう言って、シャリナをガン無視したアスゲイトが取り出したる一品とは——。

中級悪魔（マーブルデーモン）の骨

次元の落とし児（フォーミダブルチャイルド）の核（かく）

「ぶほぉぉお！　ま、まじぃ！」……こ、これだよこれ!!　こーゆーのが欲しかったの！

……い、

「行くぅぅうう！」

「だーかーらー、それがチョロい言うとんねん！　そんな素材で靡くなアホぉ！　ちょっとは警戒せぇや!!……おまえ、またズボン脱（ぬ）がされんぞ!!」

っていうか、それか！……それ狙いか!!

「なわけねぇだろが！……で、どうする？　他に必要なら採取場所を教えてもいいが——……どうする、ゲイル・ハミルトン？」ニヤァ……。

※　※　※

「あー。……あのアッホォ」

「どうしたの？」

ひょっこり鍛冶工房に顔を出したモーラ。

「おぅ、モの字か――……なんや、ギムリーもおんのか？」「いちゃダメですかぁ？」

そういうわけやあらへんが――。そう言いつつ頭をガシガシガシ。

「……なんや、お前んとこの若いのが、ゲイル連れていきよったで？　ウチはやめとけ言うたんやけどな」

まったく、相変わらず人の話を聞かんやっちゃと腕を組んで憤懣やるかたない様子のシャリナ。

「へ？　若いのって？……え？　誰です？」

「誰って、アイツよ。あの縛り魔の――あ……アスホールとかいうやつ」

――アスゲイトだ‼

どこからともなくツッコミが聞こえてきそうだがそれだけ聞けばギムリーには十分だった。

「え、ええー？　アスゲイトとゲイルさんがぁ？……なんか、いい予感はしないですねぇ」

「やっぱそうか？」

それを聞くなり、ハタと考えこむギムリーであったが、

「そりゃまぁー……。アスゲイトは、あれでいて魔王シリーズの回収に心血を注いでいた男ですからね。その目的をあっさり取り上げられたんじゃー……」

うーむ。だけど、千年の呪いから解放されたなら、そもそもダークエルフとしては万々歳のハズ——……しかし、そうでない者もいたとすれば？　例えば……。

「………魔王シリーズ」

「ん？　どないした？」「どうしたのギムリーさん？」

魔王シリーズ、魔王、魔王。

魔王様……。

「ま、まさか……」

ミネルバから続く呪いは千年。そして、アスゲイトたち若い世代でも、数百年それを追い求めてきたのだ。……それが、あっさりと目前で解呪され、あまつさえ、人生をかけて回収してきたそれを目の前で奪われて良しとするだろうか？　そう。人生をかけて長年魔王シリーズを追い求めてきた青年が、幾歳もかけ多くの英霊とその犠牲の元にそれらを回収してきたアスゲイト達が、はいそうですか？　と納得するか——⁉　いや、そもそも……。

――……ハッ、そうか！

「そうだ。そうだ。……そうだった――」

なぜ、今の今まで忘れていたのか。

「……アスゲイト達が戻って来たタイミング――――」

今になって思い出す、あの違和感。……たしかにあの時――里の迎えとは別に、古代竜の襲撃に偶然居合わせたのは、アスゲイト達だった。おかげで助かったとはいえ、しかし、それは偶然だったのか？　いや、仮に偶然だったにせよ――……。

「……なぜ、今、あのタイミングだったのか――」

そう。全ては偶然にして必然。

「ギの字？」「ギムリーさん？」

――しまった!!

「…………シャリナ、モーラさん。こ、これはまずいことになったかもしれませんッ。」

……ええ、一刻を争う事態に――！」

「へ？」「は？」

そう。魔王シリーズは、人を操る。

ミネルバのような強靭な意志を持つものでさえ、破滅衝動を抑えるのがやっとで、いつ精神を奪われ蝕まれてもおかしくはなかった。……なら、それ以外のものなら？　多少は呪いに耐性のあるダークエルフであっても、長年、『魔王シリーズ』に接してきたものなら、どうなる？　ましてや、若いダークエルフが、回収したばかりの『魔王シリーズ』に心を奪われない可能性はいかほどか！

「くっ……！」

そう、かつてリズネットが魔王シリーズに食われかけたように魔王シリーズは人を食う。肉も、心も、そのすべてを――……。

「まずい。……まずいまずい、まずいですねッ！」

――シャリナ！

「ゲ、ゲイルさんとアスゲイトはどこへ⁉」

「へ？　ど、どど、どないしてん、急に！」

「いいから、急ぐんですよッ！」

そうだった。人を呪い、人を食らい、人を操る魔王シリーズ。その回収に命をかけていたアスゲイトたちが、この里に帰って来た理由なんてそう多くはない。

だが、もし、仮に――……。

新たな「魔王シリーズ」の回収に成功し、その報告に帰還していたとすれば……！

「なんてこと――……」

　なんてタイミング――……！

　　なんで今――……………‼

　　　なんで――――！

「くそっ」

間違いない。アスゲイトは別の『魔王シリーズ』を持っている‼

そして、当のアスゲイトはとっくに――……！

ルロオォォォォオオ――――……！

※　※　※

「はい【解呪】――」

ボロォ……。と、声にならない音を発して、黒い煙といくつかの部位を落として下級悪魔が地面に落ちる。それを警戒して、数匹の悪魔が近づけないとばかりに、周囲を飛び回るが、ゲイルは気にしない。

『げぎゃ！』『きしゃぁあ！』

バサッ、バササッ！

「んー。……やっぱ、レッサーデーモン程度の素材じゃちょっと間に合わないなー」

「ふん。そうだろうさ――魔王様が、こんな雑魚で満足するものかよ」

「だよねー♪」

そんな感じで和気あいあい(?)と、二人は連れ立っていつもの魔王城地下へ。目指すはこの下に広がっているという、長大な裏ダンジョンなのだとか。

「いやー、そんなダンジョンがあったんですねー。ギムリーさんなんも教えてくれないんだもん」

「当然だ。我が里の極秘情報だからな。……千年前の勇者たちですら足を踏み入れなかった禁忌の地だぞ」

えええええ?! き、禁忌……?!

「ふっ、怖気づいたか――」

「す、す――すげぇ! 行く行く絶対行く! 禁忌とか、聞いただけでレア素材が……」

じゅるり。

ゲイルの頭にあるのは、各地で恐れ、嫌われてきたダンジョンや忌み地のことである。たいていがアンデッドや呪いに包まれた土地で、昔行ったところにあった山荘の井戸とか……もう最高でした――。

「お、おう……。そ、そうか?」

なんでも、アスゲイト曰く、その最奥には『異界の門』と呼ばれる魔王の故郷へとつながる門があるのだとか。そして、その門を守る守護者を倒した先にあるのは、正真正銘――魔王の故郷『魔界』だという。

もっとも、噂でしかない。だが、魔王を除いて誰一人生きて帰って来たものはないというのだから、相当な危険地帯であるのは想像に難くはない――もちろん、誰も行ったことがないのだから、誰が知っているのか――という矛盾が発生するだろうが、それはそこ。

……なぜなら、魔界から来た魔王が他ならぬ証言者であるというが、……それをなぜアスゲイトが知っているのかという疑問について追及する者はここにはいない――。

ひょっとしたら、当時の生き証人であるミネルバ自身の可能性もあるが――……それにしたって、やはり噂の域は出ない。

「ふ。……ふふふ、期待していいぞ。この先のダンジョンの中には、現世では顕現すら出来ぬほど異質な存在が蠢いていると聞くからな」

……ふははははは！

「い、異質――」ゴクリ。

現世に顕現できぬほどの異質といえば、上級悪魔クラスしか思いつかない。

いや、それ以上か――。

「……くぅぅ！　た、楽しみすぎるぅぅぅ！」

人知れずこぶしを握り締めニヤニヤするゲイルにやや当てが外れてドン引きしているアスゲイトではあったが、黒幕仕草の含み笑いを崩すことなく、言わずと知れたミネルバの玉座――……今は座るべき主すら失った空の玉座へとゲイルを案内する。

「……え？　あれ？　こ、ここなの？」

「そうだ。その玉座の裏だ」

――玉座の裏ぁ??

「そうとも――玉座の裏にダンジョンがあるというのは魔王城の様式美だろう？」

「そんな様式美きいたことないけどなー……どれどれ」

――ォォォオオオ……！

「……あ、確かにそれっぽい気配がするね」

「だろう？」

そ～っとゲイルが興味深げに玉座の後ろをのぞき込めば、なるほど――……そこには、底も見えぬほど深い穴がある。いや、底が見えないというより、光を通さない異質な闇が広がっているのだ。これこそ、まさにダンジョン――この世ならざる異世界への入口だ。

「ふふ、どうだ？　本当にあっただろう？」

「う、うん！　ありがとうアスゲイト…さん！　俺アスゲイトさんのこと誤解してたよ！」

いやー、ぶっちゃけ、嫌みばっかりのクソ野郎かと思ったよー。と言わんでもいいことを明け透けに言っちゃうゲイル。しかも、キラキラの曇りなき眼で見つめるものだから、腹に一物どころか――真っ黒なタール状の悪意しかないアスゲイトにとっては、もう眩しい眩しい――。思わず、「うぐっ！」と仰け反るほど……。

「な、なんて一点の曇りもないイノセントアイ――思わず、ぐらりと来ちゃうじゃねーか」

「ん？　なに？」

キラキラキラ……♪

「お、おう。……き、期待していいぞ。そ、その先には恐っそろし～い数の悪魔がひしめいている――そして、」

……そう。そして――言うが早いか、ギラリと目を光らせたアスゲイトは、懐に忍ばせていた切り札を取り出す！……ここに至って、もはや隠す理由などない！

そうとも――……行け。さぁ、逝けッ！

「――逝ってしまえッ、ゲイル・ハミルトン！」

その先にある、魔界へ通ずるとされる『異界の門』へなぁぁあああ！

「はーははははは！……馬鹿めッ！――そこがお前の墓場となるのだぁぁあ！」

――バサァ!!

ここで取り出したるはアスゲイトの秘策。体を覆っていたクロークを脱ぎ捨てたアスゲイトは、異教徒の神殿から盗み出した、異形の装備品を装着し、即座に発動させる！

そうッ。

……そう！　これだ、これこそがアスゲイトをして、数多の犠牲のもとに手に入れた至高の一品ッッ――――！

呪いを抑える封印つきのシースに保管していたのは、ダークエルフが所持する5つ目の『魔王シリーズ』にして、最新の一品！

まだ、長老にも報告せず、ミネルバさえも知りえぬシリーズ!!　その名も……ッ！

――そう、その名もぉぉおお！

「……『魔王の目』だぁぁっぁあああ！」

――ピカッァア!!

装着するやいなや、即座にアスゲイトに絡みつく魔王シリーズの『目』！

そして、『魔王の目』は一瞬にして獲物を感知すると、その威力をいかんなく発揮し、その中心から――ガカァア！　と怪光線を迸らせるッ！

「う、うわぁぁぁあ!!」「ふはぁ！」

直撃！　直撃だ‼

そして、食らったゲイル・ハミルトンの悲鳴があがる！

「は、ははは！」

あはははははは！

効いた……。効いたぞッ！——やはり効いたッ！

いくら解呪できるとは言っても、攻撃までも無効化できないと判断したアスゲイトは間違っていなかったのだ！

「はーっはっはっは！　見たか、ゲイル・ハミルトンッ——そのまま、逝けぇぇぇぇぇ！」

これこそ、『魔王の目』の特殊効果。その目で見たものには、様々な状態異常を与え——最悪の場合は命を奪う究極の視線！

そう！

その名も——「邪眼（イビルアイ）」ッッ！

「魔王様の視線（死線）とくとあじわぇぇぇぇぇ！」

……ミシ、ミシミシッッ！

発動の直後より、魔王シリーズを装着したアスゲイトの額は、その『目』によって貫かれ、装備を中心にして呪いが脳まで蝕んでいく——……が、そんなこと知ったことか！

「この時を待っていた！　この瞬間を待っていた！　この刹那に使わないでいつ使う!!」

あはははははッ！

これが奥の手だ！　そして、奥の手は使ってこそ、奥の手なのだぁぁぁあ！

――だから、それは、必見、必中、必殺の距離で炸裂し、ゲイルに直撃する！

「はーははははははははは！――どうだぁぁあッッ！」

これは躱せまい！

……口八丁で連れ出して、このタイミング、この距離を狙っていたのだッ！

「ふふふ、ふははははは！　間抜けそうに見えても4つの魔王シリーズを解呪した男。ダークエルフ千年の呪いを解いた男――そして魔王様に牙をむいた勇者だろう！」

さすがに、ダンジョンの縁まで連れ出したとて、ドンッ！　と押して落ちるほど間抜けでもないはずだ！　だから、ここは容赦なく最強の一撃で攻撃あるのみっ！

そして、

「……死ね！　そして、落ちろ！　そして、醜くのたうち回るがいい！」

お前の大好きな呪われしダンジョンの中でなぁぁあああ!!

「はーっははははは！　そして、死体すら見つからぬよう――葬り去ってくれるわ！」

う、う……、

「――うわぁぁぁあああぁぁぁっぁあああーーー……お♪」

至近距離で「邪眼」をくらったゲイル・ハミルトンが悲鳴を上げる。

間抜けにも「うわぁあああお♪」と喝采して仰け反っている。

「ははははは！　死ね！　死ねぇぇぇえ！」

泣いて死ね！

悔いて死ね！

苦しんで死ねぇぇぇえええ！

「それが、魔王シリーズを甘く見た罰。魔王様を解呪した罰――――……………って、『うわぁぁぁあお♪』??」

え？　いま。『うわぁお♪』っつったか？……『うぁぁぁあ！』じゃなくて？

つーか、それって歓声？　喝采？　つーか、ヤバい。なんか、めっちゃ目ぇキラキラしたままなんですけど――っていうか、コイツ……！　コイツ――！

「き、き、効いて無くないか、コイツぅぅぅう?!」

え？　え？　えええええ?!　ま、『魔王の目』だぞ?!　邪眼だぞ?!

「……えええええええええええええええええええええええ?!」

「うわ♪　うわぁ♪　うわぁぁあああお♪　すっげぇ、そ、それも『魔王シリーズ』なの?!

え？　５つ目じゃん！　あるじゃん！　目なだけに！　それもサプライズぅ?!」

「なわけねーだろ！　誰がお前にプレゼントするか——って、ちょ！　お、おい！　来るな！　それ以上来るな！　つーか、別にかけてねぇよ!!」

なにが5つ目だ！　単眼だっつの！　その「目」じゃねーっつの!!　つーか、邪眼だぞ?!　この目で見た者を呪い——状態異常を与えて命を奪う、悪魔のごとき視線だぞ！

間違っても、そんなキラキラ眼で見つめ返すようなものじゃ——……………。

「って、うぉぉおおおおおおお！」

こ、こいつマジか?!　めっちゃ素手でグイグイくるんですけどぉぉお！　っていうか、もぎ取ろうとすなぁっぁああ!!

「うわああああああお♪　うわぁぁあああああい♪」

怖い！

怖い怖い怖ーい！

「く、来るな、来るな、来るなぁぁぁあ！」

……ど、どれだけ苦労して手に入れたと思っている————！

どれほどの労苦の果てに、あの邪教団に潜入し——幾人もの犠牲の果てに手に入れた魔王様の欠片だぞぉぉぉおおおおおおおお！

それを……。

「き、貴様なんぞに渡してたまるかぁぁぁあああ」

――ぬぉぉおおおおおおおおおおおおおお！

　邪眼ッ

　　邪眼ッ！

　　　邪眼!!

「……って、効いてねぇし！　あと、素手で掴むなぁっぁあああああああああああ！」

――グワシッ！

って、グワシじゃねぇ!!

「いたいいたいいたいいたい！　痛いッ！　で、出てる！　出てるから！　なんか、脳に繋がったところからいろんなものが出てるからぁぁあ」

ブチブチブチッ……！

いだだだだだだだだだ！　汁とか出てるからぁぁあ!!

もはや、涙声のアスゲイトになんぞ見向きもしないで、涎を垂らしたゲイルが、オタクスマイルを浮かべながら、額についた『魔王の目』をがっつり掴む。

……しかも、素手で！　お手手でぇぇえ!!　ワンハンドでぇぇえ！

「ちょわぁぁあ！　な、なんだ！　なんなんだ貴様はっぁあッ！　は、離れろッ！　この泥棒！――魔王泥棒がぁぁぁあ！」

って、――――力つよぉぉおおい⁉

ぐぅぃいいいい！　って、

「いでーっってんの！　な、なんちゅうパワー……。俺を殺す気か！」

一回！　一回タンマ‼

「タイムつってんだろぉぉお！」

ＯＨ、ＮＯ‼　オウ、ノウ！　脳が出てるからぁっぁああ！

――……………ゴンッ！

「あだッ……！　な、殴らんでも――」

「うっせぇわ‼　殴るわ、ボケ！　人の話を聞けやボケ‼　ちょっとどころじゃなく、かなり本気で殴ったわボケ！……つーかッ、なんで邪眼が効いてないんだよ、ボケぇぇぇ！」

「え？　いや、効いてるけど――――？」

いやいや、効いてない効いてない、効いてないよ？　お前は一個も効いてないし、聞いてないよ！　効いてないから生きてるんでしょ⁉　つーか、まず人の話を聞けぇぇッ！

「……ほんま、何で生きてるんだよ⁉　ＹＯＵは人間ですかぁ⁉」

「いや、人間だよッ！　どう見ても人間だよ、失礼だな——君ぃ」

どこが人間やねん！　素手で魔王の目をもぎ取ろうとしてるやつのどこが人間やねん！　見てみぃ、アスゲイトさんの額からブチブチブチって、出ちゃいけない汁とか、触手（しょくしゅ）とか——脳みそっぽいの出てるやん！　それを鷲掴（わしづか）みにしてるやーん！

「つーか、てめぇ！……あ、ちょ——！」

何パクろうとしてんのぉおおお?!　誰も、あげるゆーてへんやーん!!

「え？　だって、解呪していいって言ったじゃん——」

「……いや、それはミネルバ様のだろうがぁっぁあ！　拡大解釈（かいしゃく）してんじゃねぇっぇえええええええ」……って、
ブチっ。

「——んはっぁぁああああああああああああああ！　魔王の目がぁぁぁあ！」

思わず『魔王の目』を守ったアスゲイトであったが、まさかアッサリ解呪されているとは知らずに、額を押さえる。だが、とっくに解呪された『魔王の目』は、アスゲイトの額から逸（そ）れて————ゲイルの手に……。

「——って、さ、させるかっぁあ！」

「あ、ちょ！　暴れないで、危ない、落とすだろ！————あ、」

……あ、

「「あ──……」」

ああああああああああああああああああああああああああああああああ⁉

……刹那。かのシリーズは、暴れる二人の手から離れて──意図せず浮遊するままに、ヒュ〜ン！　と、見事な放物線の軌跡を描いて、暗い暗いくら〜い、ダンジョンの底へと落ちて、い……………。

「──かせるかぁ……って、おわ、おわわわ！」

あ、あぶな〜っい‼

ぱしぃ！

「パ、パース！」「オ、オーケー！」

ダンジョンの暗い穴に、まさに。まさに落ちる寸前にアスゲイトが弾き、それをうまくキャッチしたゲイル！……ふーっ。

「お、おぉ！」

ナイス！　マジでナイス‼

「ゲイル、ナイス！」「イェイ、イエーイ♪」

仲良くお手手をパッチーン♪　いやはや、ゲイル・ハミルトン───……なかなかや

るじゃないか——ってとこなんだけど、

「あ。お、おい、おま！　そ、そこ、足場ないぞ⁉」

へ？

「……あ——ホントだ……」

って、

「お、おわぁっぁあああああああああああああああああああああああ！」

「あ、おい！　ゲイ——」

……すかっ！　反射的に手を伸ばしちゃうアスゲイトであったが間に合わず、狙っていたはずのダンジョンの中へとゲイルが落ちていく。

「あーーーれーーーーーー……」

「って、おおおーーーーーーーーーーーーーい」

——ゲイル！

ガバッ！　と思わずダンジョンの縁から身を乗り出し、慌てて中を覗き込むアスゲイト。

しかし、

「ゲ、ゲイル？……ゲイル・ハミルトン？　おい、ゲーーーーイル！」

……しーん。

「う、嘘だ、ろ……」

ブルブルと空振る手は何も掴まず、残されたのは恐ろしいほどに重い沈黙と暗いダンジョンの闇――。そう、ゲイルの悲鳴も、ゲイルの叫びも、ゲイル・ハミルトンそのものが、この世界から消えてしまった。……それこそ、何の痕跡も残さず、ゲイルがさっきまでそこにいたのかさえ、誰もわからぬほど完璧に、一瞬にしてフッと途絶えてしまったのだ。

「お……おいおい。じょ、冗談きついぞ」

恐る恐るダンジョンの中を覗き込むアスゲイトであったが、その入口は物理法則が違うのか全く光を通さない。その先にあるのは完全なる無と闇だ――。

「――え？　ええ?!　マ、マジかよ？……。た、確かに落とそうとはしてたけど、じ、自分から落ちるか、普通？」

アスゲイトの狙いは、ただの証拠隠滅――。狭い集落の中で、仮にゲイルを暗殺した場合……一番困るのは死体の隠蔽だが、それもこのダンジョンに落としさえすれば、完璧に証拠隠滅できると思っていた。だから、ここに連れ出したのだ。

――なにせ、誰一人生きて帰れない最悪のダンジョンだ。だが、間違っても、魔王シリーズごとそこに落とそうとしたわけではない。……ないんだけど――――。

「これはこれで、まぁ……。あり、か？」

たしかに、最新の魔王シリーズを失ったのは痛いが、奴(やつ)への手向(たむ)けとしてはありかもしれない。そうとも、むしろありだろう。

「く、くくく……。くははははははは！――あははははははは！」

馬鹿め!!　馬鹿めがぁぁあああ！

見たか痴(し)れ者(もの)！　見たか人間ども!!

見たか、このアスゲイトの策をぉぉぉおお!!

「わーはははははははははははははははははははは！」

満足気に笑うアスゲイトの目の前で、見事ゲイルは落下していった。

そうとも、悪魔どものひしめくとされる最恐(さいきょう)最悪――魔王の故郷に繋がるとされる『異界の門(デモンズゲート)』を封印(ふういん)するダンジョンへとなぁ――――!!

「あーはははははははははははははははははは！」

あとにはアスゲイトの勝ち誇(ほこ)った笑いと、遅(おく)れて駆(か)けこんできたギムリー達の青ざめた顔がそこにあるのみでった。

第7話「魔王城裏ダンジョン」

S Rank party
kara kaiko sareta
[jugushi]

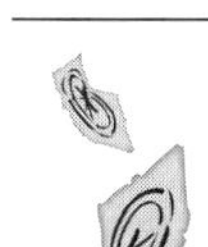

「このぉぉ!!」

どすっ、ばきっ!!　ごきぃぃ……！

拷問にも近い打擲。ギムリーの怒りに任せたそれにも、アスゲイトはただただ笑うのみ。

そして、いけしゃあしゃあと宣うのだ。

「ははっ、何度も言わせないでいただきたいものですなぁ、姫様ぁ！」

「くっ、コイツぅ」「おう、どけ、ギの字ぃ――！」

そう言うが早いか、シャリナが思いっきり振りかぶって――「おらぁぁ！」

……ばきぃ!!

「ごふっ……」

「おう、痛いか？　痛いやろな――……そらぁ、痛ぁしてるからなぁあ！」

ドス、ドス、ドスッ!!　何度も何度も、ドワーフパワーでアスゲイトをぶん殴るが、それでも、不敵な笑いをやめないアスゲイト。しまいには、とうとう疲れたのか――それとも無力感に苛まれたのか、あのシャリナですらへたり込んでしまう始末。

「はぁはぁはぁ……くそ！」バンッ！

「く、くく……。だから言っているだろう？　奴は自分から言ったのさ、素材が欲しいとな」

「……そんな嘘、誰が信じるねん！」ごきぃ！

「カハッ！」

「——シャ、シャリナさん、そのへんで……」

荒ぶるシャリナを止めるモーラであったが、それは別にアスゲイトの身を案じてのことではない。それよりも今は——。

「ゲイルは……ここに？」

……ペッ。

「ああ、そうだ。俺は止めたんだがね——はははは！」

血反吐を吐くアスゲイトが醜悪に笑うがそんなはずがない。間に合わなかったとはいえ、アスゲイトとゲイルが争う（？）声と音は聞こえてきた。そして、微かに呪いの残滓——。

「母さま……」「うむ……。これは『魔王の目』の気配か……」

僅かに漂う呪いのそれを一瞬で看破したのは——千年呪いに蝕まれてきたダークエルフ

の長、ミネルバだ。さすが魔王の右腕にして、魔王シリーズをもっともよく知る人物だ。

その見立てが間違いのハズはない。

「まずいな。確かに『魔王の目』もここにあったはずだが――今は、その気配すらない」

そう言って視線を向ける先は、玉座の裏に隠されたダンジョンの入口だ。

「では……やはりここに？」

沈痛な面持ちのギムリー。状況的にそうとしか考えられず、なにより痕跡がそれを如実に示すとミネルバが頷く――。

「そうなるな……」「くっ！　ウ、ウチのせいや……！　ウチが止めてれば――」

がんっ！

「シャ、シャリナさんのせいじゃないわ！　全ては――」ギロリ。

「ふん。もう遅いわッ！　ハハハハハハ！」

とっくに手遅れだよ！　奴はもうこの世にはいなーーーーい!!

「はーーはははははは！」

「くっ、コ、コイツぅ！」

激昂するシャリナだが、今はそれどころではない。

そう、こいつを殴る暇があったら一刻も早くゲイルを救出しなければならない――！

「そ、そうよ！……な、なんとかしましょう！　ねぇ、なんとかならないの?!……そうだ、すぐに中に行って連れ戻せば――」

――よせッ！

思わず飛び込もうとしたモーラを止めるミネルバ。

「は、離してッ！　離してよ！」

「迂闊に近づくな……！　そこは一度侵入すれば、二度と帰れぬダンジョンだぞ?!」

……え?!

「で、でも――入口があるなら……」

「聞けッ。ここはそんな生易しいダンジョンではない。滅びてはいても、元は魔王城の地下だぞ?!　そこにあるダンジョンが生半なものだと思うてか！……ここは、かつての勇者ですら挑むことのなかった一方通行のダンジョンぞ」――最奥にあるという『ゲート』を通らねば出れぬわッ」

「い、一方通行?!」そ、それって……。

思わず足元が揺らぐモーラ。

「な、なんやその、一方通行のダンジョンて……」

「あぁ、シャリナは知らないかもですね――ダンジョンにはいくつか種類があるんですよ」

冒険者ギルドのマスターをしているギムリーなだけあってその説明は大変詳しいものであった。曰く、一方通行のダンジョンとは、一度入れば、その入口が消えてしまうダンジョンのことだ。

「な、なんやて⁉　そ、そんなものがこの世に――」

「いえ、割とポピュラーですよ？……とはいえ、よりによってここが――とは思わずにはいられませんけど」

忌々しそうにダンジョンの闇を睨みつけるギムリー。彼女とて、このダンジョンの噂は知っていたが詳細までは知らなかったのだ。せいぜい、『異界の門』があるとすればこの奥だろうとくらいにしか……。

「な、ならそんなもんどうやって出るねん⁉　入ったら死ぬちゅうことか⁉」

「いえ、そこから脱出するには、途中途中に存在する『転移ゲート』を使って戻るか、最奥まで到達し、ダンジョンをクリアすればいいんですけど――」

チラリ。

「……あいにくだが、転移ゲートはないだろうよ。かつて、このダンジョンに挑んだものを見てきたが、ひとりとして生還者はいない。……要所に転移ゲートのあるような半端なものならもっと容易に踏破されている」

ミネルバは容赦なく言い切る。だが、それは事実ゆえなのだ。

「そ、そんな……！　じゃ、じゃあ、一刻も早く救助にいかないと――」

「よせっ！　我とて踏み入ったことなどないのだ！　千年の間、一度もな。……そして、」

――そしてミネルバが語るのは魔王より直接聞いたこのダンジョンについての与太話。

「そう。……ここは、魔王にとって故郷であり、試練の場よ。だから、魔王は戯れに言ったものさ――『いかなる存在であっても、ここからもしも帰還できたならば、この玉座を得る』とな。もちろん誰ひとり成したものはいない……」

そんなダンジョンだから、魔王軍でさえここに挑むことはタブーですらあったという。

「――いつしか、ここは働きの悪い幹部がバツとして落とされるようになった。時には軍の中から腕試しとして入った者もいた。だが、そのいずれも帰ってくることはなかった」

つまり、内部を知るものは魔王ただ一人。……そして、その魔王は既に滅ぼされている。

「……中は、上位の悪魔の巣窟だと聞く」

「あ、悪魔の……巣?!」

「あぁ、そうだ。悪魔だよ、文字通りの悪魔――概念のことではない」

そう。悪魔……。それは、まさに呪いそのもので、アンデッドやその眷属ですらない
――ただただ悪意の塊そのもの。

「――そして、このダンジョンはおおよそ百層からなるという……さらには、最奥の門を守るのは、魔界を治める１０８柱が悪魔の一人が門番として君臨していると」

「ひゃ、百層……!?」「さ、最奥には大悪魔やて?!」

「――そうだ。奴らは人の死を弄び、その魂すら玩具にする異形の者だ。このダンジョンはな、そうした悪魔が世に出られぬように、何者かが作った封印よ。……だからこそ、あるのだ――この底には、かの魔王が現れたという『異界の門』がな！」

そ、そんな……。そんな。そんな！　そんなのって――――！

「……じゃ、じゃあ、悪魔を超えるような『魔王』しかここを抜け出せないってことじゃないのよぉぉぉお！」

モーラの悲痛な叫び。かつて、このダンジョンを抜け出した魔王は世界を滅ぼしかけたという。そしてその魔王しか踏破したことのないという地獄のダンジョン――それが『魔王城地下ダンジョン』の正体なのだという。

つまり、つまり――――……ゲイルはもう。……もう!!

ゲ、

「――ゲイルぅぅぅぅうううううううううう！」

チーン♪　ガラガラガラッ。

「お、開いた――」

…………え？

「ゲ、ゲイル？」「ん？　モーラじゃん、どうしたん？」

へ？　ゲ、ゲイル――だよね？

「そうだけ、ど――？　え、全員集合？　な、なになに？　なんかあった？」

ハテナ顔のゲイルが、ちょっと気まずそう。

……っていうか――なにやら、チーン♪　とか少々間抜けな音を立てて、玉座の背あて部分が扉のように開いて、ゲイルが出てきたのだけど……。

え？　ええええ?!――ペタペタペタ。

「ゲ、ゲイルやな？」

「な、なんだよ、シャリナまで――……あ、やっべ！　も、もしかして。――ここ、無断は、ダメ、でした……？」

なにやらバツの悪そうな顔で、シュンと小さくなるゲイル・ハミルトン。

……だって、責任者っぽいミネルバですら、ポカーンと口をあけているのだ、そりゃもう気まずい気まずい。なんか、粗相でもしたのか、あるいは、ゲイルが無断で入ったことを咎められたのか、アスゲイトもボコボコにされてるし――。

…………………………って、ええええええ？

ゲ、ゲ、ゲ、ゲゲゲゲゲ――……。

「「「「――ゲイルぅぅぅぅうううううううううううう?!」」」」

――どかーーーーーーーーん!!

おそらく……。そう、おそらく全ての人間がゲイル・ハミルトンに驚愕した瞬間であった。

モーラはもちろんのこと、シャリナ、ギムリー。そして、この地を安置してきたミネルバをはじめ、罠に嵌めた気でいたアスゲイトさえ――。

いや、っていうか――。

え？　ど、どうやって――??

え？　マジでどうやったの?!

え？　つーか、チーン♪　って、それエレベーターなの?!

『玉座を得る』って、え？　そういうこと……。魔王様、渾身のギャグ?!

っていうか、え？　え？　え？　え？

「「「「ええええええええええええええええええええええええええええ？」」」」

うわ、ビックリした。

「な、なになに？　ご、ごめん？　ごめんなさい——って、これゴメンでいい、の？」

よくわかっていないゲイルはとりあえず謝るものの——……いやいやいや、待て待て待て待て待て。待てーい！

「お、おまッ、ゲイルやんな？」「は？」

すりすり、ぽんぽん。くんくん

「あ、このダサい恰好はゲイルやなー」

「ちょっと死体臭いし、ゲイルね」

「ええ、空気読めないとこはゲイルさんですねー」

って、をーい！

「誰がダサくて、臭くて、空気よめんのじゃぁぁあああ！」

あーゲイルだ。まごうことなくゲイルだ。どっからどうみてもゲイルだ——。

……って、ちょい待ち。

「あ、あー……。こ、ここって最奥まで行かないと出られないんじゃ——」

「そうなん？」

「「「「そうなの!!」」」」

「うわ、ビックリしたー」

なになになに？

「な、なんなん？」「お前がなんやねん!!」

全員、理解が追い付いていないのに、ボケら～っとしているのはゲイルのみ。

だがしかし、ゲイルはここにいる。最恐最悪のダンジョンに落ちて、二度と帰れないはずのゲイルが、果たしてどうやってこのダンジョンから帰還したというのだろうか――。

世が世なら、魔王城を攻略した後に出現し、それを攻略したものは魔王の座を得るとすら言われる裏ダンジョンから、いったいどうやって――――。

「……え？　いや、下の方に行っただけだよ？」

は、はぁ??

「「「はぁぁぁあああ?!」」」

し、下？

「――下って、お前――ここ百階くらいあるんちゃうんかい!!」

「いやーどうだろ？　アスゲイトさんのアドバイス通りに行っただけだよ」

なに?!――思わず視線の集中する様にそっぽを向くアスゲイト。

……しかし、アドバイスってなに？

「なんか、下の方にいっぱい悪魔素材があるって聞いてさー」

えへへ。そう言ってスリスリと頬(ほお)ずりするのは、見たこともない色彩(しきさい)の魔物(まもの)の部位――

っていうかキモぉぉお!!

「な、ななんあ、なんやねんそれ！　あ、悪魔にしてはデカないか?!」

「でしょー。地上に出る劣化種(レッサー)じゃなくて、本物の上位種(グレーター)がいっぱいいいたんだよ」

いたんだよー。じゃないわ!!　すりすりとちゃうわ!!

って、上位種って、お、お、お、おま――――！　おまぁぁあああ!!

「っていうか、それを追って、下に行ったのぉおお!?」

「ん？　うんうん、そーそー。途中途中で、大きいのもいたけど、素材厳選しながら行ったら、もう大量、大量!!」うっへっへ。

そう言って袋(ふくろ)に詰(つ)めた悪魔素材がギッシリ――。そして、ホックホクのホクホク顔。

「ん、んー。ちょ、ちょい待ち？　一応確認(かくにん)やけど、上位種ってあれちゃうんか、ほら――」

「あー……うん。多分それ。教会の説法で聞く――天使が降臨して、バチバチ戦うレベルの…あれね」

そう……もはやお伽噺(とぎばなし)じゃなくて、その――……神話のそれ。

そして、遠い目のモーラ達。だって、上位種の悪魔って言ったら――教会が説く、最終戦争とやらの説法に出てくるあれだ。……というか、あの話ですら多分、一体か二体かそこらの悪魔とかそのレベルだよ――……。――だというのに。

「うひひひ、この素材で何作っちゃおうかなー」

うん……。何作るんだろうね――。ちょ～と、相当遠い目をするモーラ達。そして、思いを馳せる。……それは、きっと悪魔たちにとって地獄絵図であっただろう。

ある日、平和にダンジョンで暮らしていたら――……なにやら妙な生き物が凄まじい勢いで駆けおりてきたかと思えば、次々に仲間を滅していき、時には体をもぎ取っていく。

まさに、千切っては投げ千切っては投げ――。いやはや、その時のゲイルは、きっと嬉々として解呪しまくって悪魔を追いかけまわしていたのだろう。

本気で恐怖（?）、本気で狂気（?）……それは、脅威そのものの姿となってダンジョンを無双していったであろうその様を幻視して言葉を失うモーラ達。

あ、あはは……。ま、まぁ――。

「ゲ、ゲイルらしいっちゃらしいけど――」「らしいどころちゃうで……」

「この人、ほんと人間なんですかねー」

あははは一。

――しーん。

もはや静まり返るしかできないモーラ達。しかし、たった一人気を吐く奴がいた。

そう、言わずと知れた――。

「バ、バカな……！　バカなぁあ!!　き、貴様どうやって戻って来た⁈　さ、最奥（さいおう）まで行っただと、バカバカしい！　な、なにか裏があるんだろう？　そうだろう⁈　でなければ、どうして戻れたというのだ――!!　い、いや、百層まで降りたなど嘘に決まっている！」

そうだそうに違いない！　アスゲイトは認められずに一人叫ぶ。……だってそうだろ⁈　最奥には『異界の門（デモンズゲート）』があって、それを守る悪魔がいるという！　上位種どころか、最強にして最恐の魔王以上のそれが――!!

ならば無理！　絶対に無理!!……ありえない！　だから、きっと。百層まで降りたはずもなく、途中（とちゅう）にある『転移ゲート』か何かを見つけて帰って来たのに違いないと――。

「え？　ど、どうって言われても――……言われた通り、普通に降りてっただけだよ？……っていうか、確かに、なんか、カッケー門があったね」

うんうん、あれはカッコよかったー。すっごい思い出に浸（ひた）りながら何度も頷（うなず）くゲイル。

どうやら、門があったらしい……。えー門ですとも――……。

つーか。も、門……？

「いや、それ……」「あれやんな？」「た、多分……」

そう。伝説が本当ならば、最奥には『魔界』へ続く門がある。

魔王から聞いたというミネルバの記憶(きおく)が正しければ、それが……それこそがまさに『異界の門(デモンズゲート)』であろう。だがしかし、もちろん伝説なので誰も見たことがない——ただ、ただ、魔王から伝わる口伝(くでん)があるのみだ。そして、生きて帰った者がいないのだから当然、今も帰れるはずもない。——ないというのに……。う、う〜ん。

「でさー。聞いてよ皆(みんな)ぁ。……その先で素材の臭いがプンプンするから、ノックしたのに全然開けてくれなくて——」

いやいや、待て待て待て。

「なんやねん、ノックて。しかも門やて？　おまえ、門をノックて……意味わからんで？」

え？

「ノックは当然でしょ？　知らない人の家だよ？」

「……なんでダンジョンの最奥に、人んチがあると思うねん！」

「え？　知らない？　よくあるじゃん。……ほら、王都とかの地下のダンジョンっぽいとこに入るとさ、奥にあるじゃん」

は？

「……え？　あるの？」……こ、ここじゃなくて？

「え？　あるじゃん。ここもあったけど――でっかいダンジョンなら、大抵（たいてい）なくなくない？　ファームエッジの地下墓所とかにもあったし――」

ん、ん……。んんんんんー⁉　な、何を言ってるのかわからん。

「――なんなら、他にも色々あるよ？　ダンジョンの奥には、大抵ね。なんかこうー……、どれもこれもかっこいい門がさー」うんうん。

「「知らん」」

そんなん知らん。つーか、え？　そうなん？　と、ばかりに全員顔を見合わせる。

「墓所の奥にダンジョンっぽいとこ……？」「え？　それって――」

え～っと……。墓地の奥っていえば、なんだろ。確かに、な～んか聞いたような、聞かないような……。

「あ、あー……。それってあれか。なんか、こう――……骸骨（がいこつ）とかが門に飾（かざ）ってたり？」

「デッカイ岩が門みたいに塞（ふさ）いでたり？」「お、奥から悲鳴とかしてませんでしたぁ？」

え？

「あーあーあーあ！　それそれそれ！」

多分それ？　そんな感じ――。

「……なんだ、やっぱみんな知ってんじゃ～ん！」

いや、それっ!!

「「――それ、黄泉(よみ)の門んんんん!!」」

「――ア、アンタ。それ、『黄泉の門(ヘブンズゲート)』じゃん！」

「教会とかのお説教で聞くあれやぞ――お前ぇぇえ！」

あかんあかん！　それ行ったら。あかん奴ぅぅう!!

「……ま、まさか、死者の国の門が各地にあるなんて――」

頭を抱(かか)えるモーラ。そして、

「お前な……。マジで帰ってこられんようになるぞ？　だいたい、墓所の奥って、お前それ――普通分かるやろ!!　絶対、死者の国やぞぉぉお！」

……えー。

「死者の国って、ははは、笑える」「「笑えるかぁぁぁ！」」

いやいや、待て待て待て!!

「ちょい待て――!!　い、今、今はその話ちゃうよな？」

「え？　まぁ、一個の例みたいなもんだし――」

いや、一個の「例」て、おま――。も、ええわ。話進まんし……。

「……あ、あー、するってぇ～てと、お前なにか？」

「このダンジョンの奥（おく）にも――――……『黄泉の門（ヘブンズゲート）』的な奴があったと？」

――うん。

「うん、じゃねーわ！　それ、絶対『異界の門（デモンズゲート）』じゃん!!」

今、絶賛話題にしてるそれやん!!　つーか、魔王（まおう）の話ってマジやんか!!

「「――それが伝説の『異界の門（デモンズゲート）』じゃーーーーーーーーん!!」」

ほんまにあったわ！　伝説じゃなくて、マジもんやわ!!

「え？　えー、デ、デモン……な、なに？　よくわかんないけど、ただの門だよ。だって、ノックしたら、なんか、「入るな！」って言われたし」

言うわ!!　言うに決まっとるわ!!　つーかノックすな!!　ノックする前に色々おかしいやろ！

「……ってことはなんや？……お前、まさか悪魔追いかけてそこまで行ったんかい!!」

「追いかけてないよ？」

いやいや、主観がおかしいだけで絶対追いかけてるからね？

悪魔からしたら、お前が悪魔やからね？

「……あぁ、ダメ。これダメだわ。常識とか言う以前の問題だし――っていうか、ゲイル」

ん？

「今気づいたけど——その手に持ってる斧……な、なにそれ」

え？

「あーこれ？　お土産——」

「お土産って、おまっ、それ、とんでもない効果ついとるようにみえるけど……」

さすがはシャリナ。ひと目でその効果のほどを見抜いたものの、ヤバさにも仰天——つーか、マジでやばいでそれ。


ズゴゴゴゴゴゴゴゴゴゴゴゴゴ——……。


「って、ぬぉあゎあああああああああ!!」

な、なんやねんそれ！　なんじゃい、その存在感んんんん！

「ち、近づけんな！　近づけんなぁぁあああ！」そんなもん近づけんなぁぁあ!!

吸われる！……何か知らんけど、色々吸われるぅぅう!!

「——し、しかも、い、今気づいたけど、なんかいっぱい漏れてるじゃない!!」

な、なんか邪気というか、瘴気以上の何かがぁっぁ!!

「あかんあかんあかんあかんあかん！」

それ、あかん奴!!　絶対、やっぱい奴やでそれぇぇえええええ!!

「えー。いやー、今の今まで気づいてなかったのに、存在感とか言われてもなー」

あははは。ウケル。

「いや、あははとちゃうわ!!　なんもウケンわ!!　お、おおおお、お前それなんやねん！」

魔王城の地下の空気がいつもより重い思うたら、それかぁぁあ！

「大げさだなー。ほらシャリナが武器失(な)くしたって言ってたから、代わりにどうかなって」

え？

トゥンク
「ゲ、ゲイル――お前、ウチのために……」

「……って、なるかぁあ!!　誰がそんな呪(のろ)い増し増し250％くらいの斧欲(ほ)しがるねん！」

つーか、何やその斧！　やばいどころの品ちゃうでぇぇえ！　出とるやんけ、色々ヤバいもんがぁぁぁあ!!　出たら、あかんもんが出とるやんけぇぇええええ！

「わ、我も初めて見るが……。ま、まさか、それは――いや、しかし……」

ミネルバですら驚愕する一品。そして、ふと思い出したかのように――。

「よ、よもや――魔王シリーズに匹敵(ひってき)するほどのものといえば……いや、それ以上のものだ、とすれば、まさか……」——そ、それはっ……!!

「……へ？　知ってるの？　なんか『便利な斧』だって言われてさ。——だけど、うーん。そんな便利にも見えないし、ゆーて『魔王シリーズ』ほどかなー」

んー。俺的にはデザインがイマイチなんだよねーと、当のゲイルは首をかしげるほどで、そうでもないらしい。

「……いやいや、だからデザインておまッ。今はデザインの話しとらんちゅうに。つーか」

はぁぁ？

「べ、便利な、」「——お、斧ぉ？」

便利な斧……。え？

「ど、どこがぁ？」」

「いや、持ち主が、言ってたの」

「「は⁇」」

い、いやいや、待て待て待て——そろそろ、キャパオーバーやけどな、とりあえず待て。

「え、えーっとぉ。ダンジョンの最奥の持ち主が？」「うん」

「『便利な斧』って？」「うん」

え、え〜っと。一斉(いっせい)に顔を見合わせる皆さま——。

だ、だってねぇ。あれの持ち主だよ。……あの見るからにヤバそうな斧の――……。

「え、え～っと……スマンやで。……も、もう一回確認するけど、おまッ、それ――このダンジョンから持って帰ってきたんやな?」

「え? うん、なんか、こう――門の前にいた人がさ、」

――スト～ップ!!

「ちょ、ちょ～～っと、ストップな」「え? なによ?」

あー……。り、理解が追いつかんから、ちょっとストップ!!

え? あ、え? あ、うん。いや……うん。

「なんか――こう……、門の前にいたデッカイ人が、」

だから、ストップ! マジで、ストップ!! こっちがいいって言うてないのに、勝手に話すな。とりあえず、い、一回黙れ、ゲイル! 一回な……。一回落ち着こ。

「ん? うん……?」

いや、そう言われても――、

「こう―『ふん!―我は便利である』って宣言してたから?……ねぇ?」

「「もーーーーーーー!!」」

黙れ言うてるやろ!! もーーーーーーーーーーーーーーーーーー!!……って、

「ん？　んんん？　な、な、ななな、なんやて」「べ、便利である？」

いやいやいや、待て待て待て。最奥の悪魔が、宣言て……？

「え？　まさか、魔界の門の前で、わざわざ宣言してた――……？」「うん」

シャリナ達が顔を見合わせて、頭に電球を浮かべて――ぽくぽくぽく……ちーん♪

「「「え、え～っと……」」」

べんりである

ベンリデアル……。

魔界の門――………………。

　「ベンリデアル！」

…………。

……。

「「「「それベリアルじゃん!!」」」」

――それ、ベリアル!!

「魔界の門番ベリアルじゃん!!」「アホォ！　大悪魔やんけそれぇぇぇ！」

「え？　大悪魔？――……そんな感じなん？」

いやいや、待て待て待て。なんで知らんねん。つーか……。

「お、お前、なにしてん」……そいつに何してん？

「……え？　いやッ。な、なんも？……うん」

嘘つけぇぇぇ！　目ぇ逸らしてんじゃねぇぇっぇぇぇ！

「し、してないって、失礼だなー」

こう、ね。こう、ちょっとね。……解呪的な――のを、こう、ね。

「……と、とりあえず解呪してあげただけだったのに」「いやいやいや、まてまてまて」

目ぇ見て言え、
こっち見て言え、
はっきりと言え、
いっそパリピでいぇ～い♪……っていうか、まず、「とりあえず【解呪】」ってのがそもそも滅茶苦茶なわけで――。

「アンタ大悪魔相手に解呪して、斧パクって、あまつさえ――その門に入ろうとしたの⁈」

「え、そりゃ…」ぷい。

「……した、けど」

って、何でちょっと恥ずかしそうやねーん!!

「このアホ!!」「アホんだらぁぁぁあ」

どこの世界に『魔界の門』まで行って門番脅して斧パクってくるのがおんねん!!

「ぱ、パクってねーし」

パクっとる、パクっとる。少なくとも持ち主がおるって、お前自身がさっき白状しとる。

「ち、ちげーし」

ちげくねーわ!!

「返してこい！」「今すぐ返してこんかーいい!!」

ああああああああもうー！　心配して損したわっぁあぁあああ!!

「えー、なんでぇ？」

こうして、よくわからないまま、魔王城の裏ダンジョンを踏破した男。

最奥まで行って最恐クラスの装備を携えて戻って来たのだが、本人には全く自覚がなかったとかなんとか――。それから数時間後――。

「ば、ばかな……」

ほぼ無人となった地下に一人の男の声が満ちている。彼はもちろんアスゲイトその人だ。

……ちなみに、あれから散々ボッコボコに殴られて意気消沈していたところを放置されていたのだが、ようやく再起動したときにはすでに地下に人気は失せていた。

かわりに、地上へと続く道のりで、ギャーギャー騒ぐシャリナの声と、モジモジ言い訳していくゲイルの声が聞こえた気がしたが――それすらもやがて地上へと消えていく。

そうして、あとには――――。

「アスゲイト」「ッ！　ひ。姫――いや、ギムリー……！」

スッと、玉座の裏から姿を現したギムリー。その影はケラケラとアスゲイトをあざ笑う。

それを見て、ぎりりと歯ぎしりするアスゲイトは隠し持っていたナイフをさっと構える。

「やってくれましたねぇ。ず〜っとこれまでの所業、見ていたし聞いていましたよ――」

「くっ！　この裏切り者め！」――魔王を……魔王様を裏切りし、恥知らずどもめ!!

「あはは。笑える。……私が恥知らずだというのなら、アンタは忠臣だとでもぉ？　ほんと、くッだらないわねー。ま、大方、魔王シリーズを完成させたあとに、魔王そのものを手中に収めようとしたいんでしょーけど」

「ふっ！　当たり前だ！」

何が解呪だ。……何が魔王からの解放だ!!

「我らは魔族！　かつて世界を統べし一族なり!!」

なにが平和だ。

なにが勇者だ!!

なにが解呪だ！！！

魔王!!

魔王様
魔王陛下こそが我らが王!!

そして、

「――次の魔王には俺がなるんだぁぁぁあああ！」

言うが早いかそれを聞いたものは死ねぇぇぇとばかりにギムリーに躍りかかるも、そこにすでにギムリーはおらず、残されたのは間抜けにも足をかけられたアスゲイトだけ――。

「……おやおや、結構じゃないですかー。魔王になりたいなら、どうぞご自由に――」

「おわ、おわわわ……」

お、落ちる！――ガシッ！

危うく足をかけられダンジョンに落ちるところで、ギリギリ踏みとどまったアスゲイト。

「ふ、ふざけやがって――。このアマぁぁ！」

シャキンッ！　再びナイフを構えるともはや躊躇すらなくギムリーの顔に突き立てる！

「うぉぁっぁあああ！　死ねぇぇぇ」

「――はいはい。強い強い。……ま、それでも、アンタみたいな若造が、魔王になるのは百年ほど早いんじゃないですかぁ？」

だから、

「まずは、魔王様に近い場所で勉強なさいな——地下に『異界の門』があるらしいですよお。アンタの大～好きな魔王が来たというかの魔界に続く門がね——」

あはははははー。

本望じゃないですか、大好きな魔王様のおひざ元でお勉強なんてぇー。

「まぁ、もっとも、そこに行くまでに生きていられるといいですねぇ——忠・臣・さ・ん」

——どんっ！

「な、なぁぁあ！」な、な、な、なぁぁぁあああああああああああああああああああ！

今度こそ、足を払われたアスゲイトはなすすべもなくスッ転ぶ。そして、

「——ど、どわぁっぁああああああああああああああああ」

ずどーーん！と、玉座裏の『魔王城地下ダンジョン』へと落ちていく。そう——数時間前にゲイルが通り帰還した、最難関の究極ダンジョンへと、落ちていく。

………こうして、魔王シリーズを横からかっさらおうと一族の中で虎視眈々と狙っていた魔王様の忠臣（自称）のアスゲイトは、ダンジョンに落ちていくのであった。

「はーあ、たまーにいるんですよねぇ。魔王を勘違いしたやつがねー」

よいしょっと！　そう言いながら、ダンジョンの縁に足をかけてプラプラさせたギムリ

ーが、ため息交じりに下をのぞき込みながら、小さく零した。

……もっとも、今となっては誰も聞いちゃいないけどね。

「はー。やれやれですぅ」

……里の外を知り、里以外の世界を知ったからこそ、起こる心の動き――。

世界を統べてみたいと言う幼稚な願望に魔王は付けこむのだ。そして、心に付け込まれたが最後――。あとは破滅あるのみ。

「そう。……アスゲイトは決して弱くはなかった。だけど、きっとどこかでタガが外れたんでしょうねぇ――そして、魔王に心酔し、ミネルバ様を排せば、自らが魔王そのものに成れると勘違いした――そして、魔王の駒に成り下がったってとこ……か」

アスゲイトが願ったのはくだらない野望だった。だが、くだらないといえばそれまでのこと。なにをもって価値観とするのは人それぞれだ。だけど今となっては彼の本音すら確かめようもない。だって、ダンジョンの先からはもはや物音すら聞こえないのだから――。

「……ふふふ。そこから、脱出できるかどうかは運しだいですねぇ」

最奥に行かずとも、普通のダンジョンなら途中途中で戻るゲートはいくつかあると聞くので、そこにたどりつけるかどうかだろう。もっとも、あればの話だけど。

……しかし、戻れた時には必ず改心しているだろう。なぜなら、悪魔は――魔王の手先

は、純粋なる「呪い」と「悪意」そのものなのだから。

「――というわけで、それを知るまで、そこで反省しなさいな。アスゲイト」

願わくは、ここに戻らんことを――。

魔王に乾杯。

魔界にアディオス。

間抜けにつける薬なし――。

「じゃあね～」

そうして、最後に残ったギムリーが音もなく地下から去ると、

……そして、誰もいなくなった――。

※　※　※

「よーし！　完成だぁぁぁあ！」いぃぃいぃ～、よいしょー！

万歳三唱を決めるゲイルの奇声に、眼をしょぼしょぼさせて起き出したモーラ達。

「ふわぁぁあ――朝っぱらからどうしたのぉ？」

「ったく、夜長一日中ベラベラと独りごと言いよってからに――」

もー。

デモンズゲート事件以来、ゲイルを見張るモーラ達。その女達の心配と監視に気付いて

いるのかいないのか、ゲイルはただひたすら開発を続けていたわけで……今日、ついにそれは日の目をみたのであった――。

じゃじゃーん♪

「見てよ、聞いてよ、完成したよ――」

「見ても、聞いても、えっぐいわー」

「見たくもないし、聞きたくもないし、完成しちゃまずいんじゃないの？」

をおぉぉおい！

「酷くない、皆ぁぁ！」

「――いや酷いのはお前のセンスやでぇ」「同感……なにそれ、デザインおかしくない？」

ゲイルが嬉々として被っているのはかつて、ミネルバが千年のあいだ身に着けていた『魔王の頭』であった。そこにアスゲイトからパク――もとい回収した『魔王の目』をとりつけて、完全な頭として作り直し、以前よりも素晴らしい完成品へと近づけた。

……いや、むしろそれ以上に禍々しくすらある――。かつて漆黒色をしていたあの兜は、なんということでしょ～♪　まるで血を固めたように赤黒く変色し、バイザーがあるべきところには、ぎょろぎょろと蠢く巨大な単眼だけがある――って、怖いわ‼

「そしてキモイわ！」「ひぃ、こっち見んなしっ！」

ギョロリ――。……みとる、みとる、みとる!!　こっち見とるぅぅう!!――そして、
邪眼（イビルアイ）が発動しとるがなぁっぁ!!

「「キッモー!!」」

「えーかっこよくなーい？」「「……ない！」」

「あ、あはは。ゲイルさん……、もう～ちょっと、抑（おさ）えめのデザインにした方が――」

モーラ達からの総スカンをやんわりと伝えるギムリーであったがゲイルには通じない。

それどころか、元のデザインを遥（はる）かに凌駕（りょうが）するそれらに全員が首をブンブン振（ふ）って全否定しているというのに、全く動じない鉄のセンス――というか鉄の頑固（がんこ）さを見せるゲイル。

「こんな、エグイもん作るのに数日かけたんかい!!」

「いっそ帰ってからやった方がマシじゃない？」

少なくとも、時間は無駄（むだ）にならなかった――。

「ひ、酷いな君たちぃ!!　このデザイン、ここでしか得られない感動が――……！」

そして、ここでしか作れない思い出もある。もちろん値段はプライスレス――！

――キランッ！

「「「ないないない」」」

つーか、

「きら〜んっ！　とちゃうわ、あほぉ！――お前のために何日無駄にしたおもうとんねん！ウチかて暇ちゃうでぇ！」

ゲイルの製作に付き合う間に、なんとかオリハルコンの精製を身に着けたシャリナであったが、さすがにギルドマスターなだけあって、これ以上留守にもできなかったようだ。それを圧しての待機だ。…………怒るのも無理はない。

「そうよねー……。ゲイルが魔王シリーズの改良っていうから、てっきり呪いを抑えるのかと思ったら――」

蓋を開ければ、ただグロくしただけ――怒られても仕方なし。

「って、おおおい！　グロくないし！　あとちゃんと、呪いは抑えたっつ〜の！……まぁ家に帰ってもできるけどさー」

なら家でやれや！　その全員のツッコミをさらッとスルーするゲイル。

「って、スルーはすな！」

「えー」

「えーとちゃうわ！　もうええ、帰るでぇぇッ！」

ここに来た目的はすべて達成した。魔王シリーズは解呪し、ダークエルフは千年の呪いから解き放たれ――自由になった。そして、シャリナも、報酬のオリハルコンは得たし

――少量ではあるが、継続して貿易もできる手筈も整えた。そして、モーラはモーラで、ちょっとした謝礼を貰っている。もちろん、ゲイルはといえば、魔王シリーズを複数入手して満足まんまん！――ついでにベリアルの斧をゲットだぜ!!

「ほなら、あとは帰るだけやろが！」「まぁまぁ、改良したのは皆で素早く帰るためだよ」

………。……。

「「「はぁ？」」」

すばやく帰るって？　思わず顔を見合わせる女子ーズ。……いや、寝言は寝て言え――。

「いや、ど、どうやって？」「ふふん、よくぞ聞いてくれました――」

うわ。聞きたくないわー。

「あと、そのドヤ顔むかつくわねー」「同感やでぇ」

むがぁ!!　ひ、ひどくなぁい?!

「まぁまぁ、ドヤ顔はむかつきますけど――それでどうやって素早く帰るんですかぁ？」

ゲイル達は絶賛後衛職二人と鍛冶師のパーティ。そりゃ、ダークエルフが普段使う道のりを使えばかなり早く帰還できるんだろうけど――……。

「そんなの、決まってるじゃ～ん」「「「え？」」」

決まってる？

決まってるってなにが――。

「飛ぶ（アイキャンフライ）」

第8話「アイ キャン フライ」

「飛ぶよ！」

ニコリ

「あ、あー」「あーあれね」「はいはい、知ってます知ってます」

飛ぶ、

跳ぶ。

とぶ――――――……。

「「「……飛ぶ?!」」」

イエース、オフコース。

「いや、は？　へ？　と、飛ぶって、あの飛ぶか？」

「いや、あの飛ぶがどれか知らないけど、飛ぶは飛ぶだよ？」

まさに、アイキャンフラーイ。

「いやいや、おもんないから」「そもそも、人は飛べないから――」

S Rank party
kara kaiko sareta
[jugushi]

…………って、飛ぶぅぅぅうううううううううううううう?!

メギャーン！

思わず効果音付きで飛び上がるモーラ達。……って、まさかこの飛ぶ？

「なわけないでしょ――ふふ～ん、まぁまぁ、みててよー」

いやいや、

「「「不安しかない……」」」

そんな三人の顔をよそに、すっごい自信満々に、完全なる魔王シリーズを纏うゲイル。

ダークエルフの里で手に入れたものを全部。全部で５つ！

頭に目玉、左腕、体に……そして、皮膜――。

「じゃーん！」「「「マジで近づかないでください」」」

んがぁぁあ!?　な、なんでぇぇ?!

「いや、お前鏡見ろや。絶賛、半分魔王みたいになっとるぞ」

「足がない分、余計キモイわね」「あはは……。呪われなくても、見た目がちょっと……」

おおおおい！　全否定じゃん！　もはや全部否定してくるじゃん!!

「だいたい、足なんて飾りですよ！　つーか、全員が否定しすぎでしょぉお!!」

「そらそうやろ……つーか、それ見せたいだけならマジで殴んぞ」

「いや、シャリナ、こわっ！　手ぇ――ゴキゴキしないでよ、もー！」

バサッ！

「それよりこれ。この『魔王の皮膜』なんだけどさ――このマントが空飛ぶ秘訣ってわけ」

ニッ！

「いや、バサッとちゃうで？　なにちょっとかっこつけとんねん？　あと、何をシレっ～と着とんねん……普通以上にキモイからな、そのマントぉ！」

どうやら、ドヤ顔で出したマントこそ――今回主に使うものらしい。

その名も『魔王の皮膜』こと――マント型の装備品なのだが……。

「ちょっと……。まさかとは思うけど、それで飛ぶとか言わないわよね」

「あはは、さすがにゲイルさんの頭がアレでもそこまでは――」

いやいや？

「これだよ？　これで飛ぶけど」……え～っと、これをこうして――。

「「「え、ちょ――」」」

「……ふんっ！」メリィイッ!!

「「「ほわぁぁ！」」」

ゲイルが気合一閃、その、瞬間、ベリベリベリィ！　と皮膜ことマントが変形して、ぶ

ねー。シャリナはギルドマスターだし、ギムリーも同様。そうなると、うーん…………。

「あ、」「ねぇ、」

うん？　どーぞ、どーぞ。何か言おうとしたとき、それを制するように、モーラも言おうとする。ならばここは、レディファースト。

「い、いや、その――……あはっ、な、なんでもない」

ニヨニヨ、クスクスした雰囲気(ふんいき)を感じてそっぽを向くモーラ。だって、シャリナとギムリーが聞いてるんだもん。っていうか、

「ゲイルこそ、なによ？」

「え、そりゃ――まぁ、」

ポリポリ。まぁ、そりゃぁぁ……。

「モーラさえよければだけど、」

どきっ。

「……た、たまにはその――まぁ、ダンジョンとか？　行ってみたり……ゴニョゴニョ」

なかなかゲイルが二の句を告げないので、片目でチラリと顔を見上げれば真剣(しんけん)な顔。

ニヨニヨの
クスクスの

照れ照れの

ゴニョゴニョの――。

「ちぇ、なんだよ――モーラだけずるいぞ。言いかけて、止めるなよー」

「べ、別に言いかけてたわけでも、止めたわけでも――」

うひひひ。

くすくすくす。

「いやいや、止めたでぇ。寸止めやったでぇ」

「ええ、ええ、恥ずかしくて止めちゃいましたぁ」

いひひひひひひ――……ん？

いやらしく笑う二人に照れる二人。しかし、ふと笑いが止まる――。

だって、寸止めでもなければ、途中で止めてもいないけど、何かがひっかかる――。

そう。止める……。止める。とめる

……と、止める？

「ん？」「ん？」「ん？」「ん？」

んんんんんんー？

「あ、あー……。今、重大なこと気付いたんやけどええかな？」

「あ、あぅあぅ、私も気付きましたねぇ――」

「そ、そうね……ゲイルは？」

「ニコリ」

「「「うん！」」」

ニコリ――。みんな笑顔、笑顔が引きつってるけど、みんな、えーがーおー……。って、

「ニコリとちゃうわぁっぁあああ！」

「あわわわわ！　と、止まりましょう！　ゲイルさん、一回止まりましょう!!」

「そ、そうよ!!　止まらないと！　スピードヤバいわよ?!　フォート・ラグダ越えたら、
あっという間にファーム・エッジじゃないの?!」

徒歩ならそこそこ、川を下ってもそこそこ、だけど飛んで行ったらあっという間――。

そして、あっという間ということは、あっという間の速度なわけで――……。

「…………………あ、あー」

うん。

と、

「止まり方まで考えてなかった――」

「「「…………………」」」

ん、ん、ん、

んなぁぁぁあああああああああああああああああああああああ!!

エピローグ「そして、伝説へ――」

S Rank party
kara kaiko sareta
[jugushi]

「ちょ、ちょ、ちょ、」「むりむりむり!!」

……し、し、し――死ぬぅぅぅぅうううううう!!

人類史上初（？）の飛行ゆえか、飛ぶことはできても止まることまで考えることのできる者がどれほどいるだろうか。地上であれば足を止めれば止まることができる。だが、坂道で足を止めれば勢い余って転ぶように、空の上で速度を落とせばどうなるのか――おそらく誰もわからないだろう。そもそも、どうやって速度を落とせばいいのかわからない。わからないことはわからない。わからないなら試行錯誤――……。

「……って、ゲイル！　前ぇぇぇぇぇぇぇぇぇぇぇぇ！」

思いっきり指さすモーラの先には、フォート・ラグダがくっきりはっきり見えていて、その城壁の先に立つ兵士までもがよく見える。そして、見えるだけでなくてなにやら人々がいっぱいいて、弓とか矢とか槍とかバリスタを構えていてこちらを指さして叫んでいる。

「つーか、なんか燃えとらんかーい?!」

「燃えてるというか――――――――………………………ゲイルさん、12時の方向ッ!!」

12時？　ごはん――――――じゃなくて真正面！！！！！

「って、おわわわわ！」

こ、こ、こ、

「古代竜ぅぅぅぅぅぅうううううううううううううう!!」

刹那、『キィィィィイイイイイン！』と『ギェェェエエエエエエン！』が空中で交差する！

それは、あの森で散々聞いた嫌な咆哮で、それと邂逅した時――再び空に鳴り響く。そう、それは地上にいようが、城壁にいようが――空を飛んでいようが全く同じ!!

「な、何ちゅうタイミングや！」

「あの時の古代竜よね?!　ま、まさか、絶賛バリバリ現役で要塞を襲ってるとか――?!」

っていうか……、この広い空の元で、何の因果か、あの因縁の古代竜と鉢合わせ。

同高度、

同航路、

同目標――。

すなわちそれってば――。ぶ、ぶ、ぶ、

「「「ぶつかるぅぅぅぅぅうううううううううううううううううう!!」」」

『――ギェェェェェエエエエエエエエエエエエエンンンン?!』

そして、あっという間に近づく両者は、相対速度もあって、ほんともう一瞬の出来事!!

古代竜は古代竜でパニック状態なのか、動きやしねぇえ！　つーか、退け！　どいて、どいてください、どいてくださいましぃぃいいい！

――ギエッェエエエエエエエエエエエエエン?!

しかし、ゲイルは急に止まれない――。それは、つまるところ。とどのつまり――……。

「な、なんとかせい！」「なんとかしてぇぇぇえ！」「なんとかしましょぉおおおお！」

む、無理ぃぃいいい！　指呼の距離。速度はめっちゃくちゃ速くて、相手は古代竜！

……そして、こっちは『魔王シリーズ』ぅぅぅうううう!!

「だ、だいたい、何とかしろってどうしろってーのよ!!」

ゲイルさんは呪具師でして何でも屋ではございませーーーーーーーん！　だけど、

「――な、なんとかしてみるぅぅう！」

ああでもない、こうでもない、それでもない！

……いい呪具、いい呪具、このさい、素材からでもなんでもいいからぁぁああ!!

ぽーいっ！

ぽいぽいぽいぽいぽいぽいぽいっ!!

素材袋や、道具袋を漁って、あーでもないこーでもない。

骸骨とか、悪魔素材とか、猛毒の呪符とか、ああああ、そうだ！

呪われるけど、全身の防御力をあげるならとりあえず——どわぁぁ、間にあわねぇえ!!

……ぎ、ぎ、ぎ、

と、と、と、止まれぇぇえええええええええええええええ！！！

「「「ぎぇぇぇえええええええええええええええええええええ!!」」」

「どわぁぁあああああああ！」

なんというタイミング。なんというピンポイント。なんというミラクル!!　広い空で、視界良好で、右も左も雲一つないのに、よりにもよって——初めて空を飛んだら、正面に古代竜って、ドンだけの確率だよぉぉおお——と、そう思ったのも一瞬のこと!!

刹那。——ドッカァアッァアアアアアアアアアアアン!!　と、古代竜の悲鳴とともに空中で大衝突し、凄まじい爆発とともに大地と大空が揺れる。それは、フォート・ラグダを調子よく——ボーボーと燃やしながら、出てきた兵士をパクついていた古代竜をして、もうビックリ仰天。なにせ、あの巨体が、空中でグルングルンと錐もみ状態になりながら、五回転くらいして——そのまま石のように、フォートラグダの城壁に激突するほどだ。

いや、それだけにとどまらず――あの頑丈な城壁を貫通して、さらには反対側のダークネスフォレストの樹冠めがけて、ドッカーーーーン！　と墜落――炎上して、その大地に巨大なクレーターを穿つほど！

そうして、世界初の事象。古代竜との空中衝突が起こると、そのあとには、濛々たる煙が滞留し、古代竜の血反吐と、ブレスの黒煙と、そして――それらがない交ぜになった空気が濛々と漂っていたのだった。

そして誰もが呆然と空を眺めていた時――濛々たる黒煙が晴れた、まさにその時……。

……それは現れた。

※　※　※

統一暦344年。帝国軍、フォート・ラグダ駐留部隊従軍牧師の日記にて、その日はとてもよく晴れた日であったという。従軍牧師を務める敬虔な信者にして司祭は、今日も今日とて戦いに赴く兵士を励まし、この地で散った魂を慰撫するために祈りを捧げていた。

なにせ、このところは激戦続きだ。国家間の緊張はさることながら、王国と帝国は表むきはこの要塞線を共同警備し、上っ面だけとはいえ連携していた。

しかし、数日前から、ダークネスフォレストから飛来する古代竜による被害は増大し続け、先日も城壁を防護していた部隊がかなりの被害を被っていた。だが、問題はそれではなかった。そう、それ等ではなかったのだ――。その日は本当に晴れていた。まさに抜けるような快晴とでもいうのか――視界抜群にして、青々とした大空。その空に誓うとばかりに、帝国軍の兵士も今日こそ、かの古代竜を迎撃し――なんなら討伐してやるとばかりに息まいて、新型のバリスタに大型の矢を装填し、意気軒高であったのだ。

しかし、それは来た。その日、それは来たのだ――帝国史に、いや人類史に暗雲を齎すべき存在が……。

いつものように、飛来する古代竜――コースは同じ、遥か彼方からでも悠々と飛んでくるあの古代竜は、まさに厄災そのものだ。……だが、生物である以上、倒せないはずもなく、よくよく見れば数日間の戦闘で古代竜の体にも多数の矢が突き立ったままであった。

それゆえか、帝国も王国も鬨の声をあげてさっそく迎撃に掛かるのであったが――。

だがその日は何かがおかしかった。空は晴れているというのにダークネスフォレストは静まり返っており、古代竜は猛り狂っている。まるで何かに怯えるように、そして、何かに怒り狂うように、とにかく奴は叫び、火を吹き、兵士を食らっていた……はずだった。

しかし、次の瞬間――それが来たのだ。そう、それ、が……。

……最初は、虫かと、鳥かと、何かかと、思った。それにしては羽が大きすぎるし、ワイバーンにしては小さい。そもそも、古代竜が出現する時分に、動き回るのは人間の兵士くらいなもの。この地に潜むとされるダークエルフとて姿を隠すのだ。

だから、誰しも気付いて、誰しもが注視していた。古代竜に向かって何かが来ると……。

そう、何かが、何かが――何か恐ろしいモノがぁっぁあああああああああ‼


「「「ぎぁぁあああああああああああああああああああああああああ」」」


まさに、げに恐ろしい絶叫が響きわたる……。もはやそうとして表現する術を持たないが、あれは絶叫だろう……。そして、その日、その時、その瞬間、その声を聞いたものは少なからず精神を病んだという――。それは神に仕えし司祭とて同じこと。精強無比なる帝国兵士も、規律ある王国兵士も、皆が、そう。皆が目撃し――恐怖した。

あんな声、人が出せるものではない。あんなもの人であるはずがない。おぞましい……。

あれじゃ、女の悲鳴とも断末魔ともつかぬ声が３つ、４つ重なるようで、そこに野太い男の声が合わさる地獄の悲鳴。

その異形の声の持ち主は、なんとも禍々しい姿をしていた……。顔は４つ？――恐怖に歪んだ女の顔をしたものが何と体中から生えているばかりか、本来顔があるべき場所には、あぁああああ！　あんな顔みたこともない！

――まるで邪眼を宿した悪魔のそれ。足こそないが、胴の部分には女のようなものがぶら下がり、皮膜が無数に羽ばたき、耳障りな音を立てる。

――そして、あぁ、そして……！

あの、空を割らんばかりに禍々しい斧（おの）ッッ!!　あぁぁ……なんということだ。

まるで、まるで、あああ、まるで――あれは魔王の再臨ではないか!!

「おおおおお、神よ！」

だが、ただただ再臨しただけならそれでもよかった！　ただただ、何か得体のしれないものならばそれでよかった!!　だがなんと、奴は……あああああ、敢（あ）えて言おう！　『魔王』は、あの古代竜を一撃（いちげき）で地にたたきつけたのだ！　そして、あまつさえ食らい尽（つ）くしたであろう人々の骨と、数多の悪魔の体と、毒と呪いをまき散らし、叫び声をあげて何処（いずこ）かへと飛び去って行ったのだ！

そう、よりにもよって！　人類の守護地、この天嶮（てんけん）フォート・ラグダを易々（やすやす）と越えて!!

……それはこの世のおわり！　いや、あえて言おう――魔王が……。

「そう、魔王が再臨したのであると――!!」

その従軍牧師の日記は混乱と錯乱（さくらん）と狂乱（きょうらん）の最中に書かれたらしく、彼（かれ）とそれを目撃した者もまた、固く口を噤（つぐ）み、誰しも同じことを語ろうとしなかった――。

しかし、後日描（えが）かれたその証言をもとにした恐ろしい絵画が有力者に流れたと言われた。

それは、まことしやかに囁（ささや）かれ、密（ひそ）かに魔王再臨の情報が流れたという――。

そして、のちに歴史は語る。確かに、それはいたのだと……。

——証拠もある。なぜなら、ダークネスフォレストにしてありえないものがいくつも発見されたのだ。それは、おぞましくも奇妙なものだった。まるで、数日前に水底から持ち出したかのような悍ましい水死体の山と、天使ですら苦戦するであろう上級悪魔の死体がまき散らかされていたのだ……。

……そう。恐ろし気な容貌をした何かが、ダークネスフォレスト——それも、かつて魔王城があったとされるあの方角から飛んできて、厄災たる古代竜を地面にたたきつけ、そして、食い散らかしたであろう——無数の人骨と悪魔の体をばら撒いて去っていったのである！　しかして、数々の証言、数々の証拠とともにこの事件は闇の中に消えていく。

だが、教会はこの日のことをはっきりと記憶したのは間違いなかった。

すなわち、魔王が再臨した、と——。

※　※　※

その頃、ゲイルの呪具屋では——。カチャカチャ、

「ここをこうして——こう……」……カパッ。

「ほらね」「へー……器用ですね、リズネット様」

「ふふん。……だけど、様はよして、様は——……今はただのリズ。呪具屋の看板娘、美

人店員のリズよ」

そう言って顔を上げないまま、持ち込まれた呪具の調整を行うリズネット。

持ち込まれたのは最近農業都市で流行り（？）の自動脱穀機だ。

「あー。そうでしたね。失礼しました――…………美人？」

「ふんっ。どこでだれが聞いてるかわかりゃしないんだから気をつけなさい――って、なんで聞き返した？　おぅこら?!」

ど、どうどう。相変わらずの殺気は健在のリズネットさん。

「まぁいいわ……そういうアンタらだって、大分板についてきたんじゃない？　その恰好」

え？　ふと自分の恰好を見下ろす青年――元暗殺ギルドの手練れ部下だった男だ。

「あー……はは。確かに慣れてきました。晴耕雨読。こういう生活も悪くはないですね」

実際、切った張ったの生活でしたからね――と自嘲気味に笑い、そう言いながら、首から下げた手ぬぐいで顔の土汚れを落とす。

本当に見た目は普通。野良着に麦わら帽子とどこからどう見ても農夫の好青年だろう。

「それに、リズネットさ――リズさんも似合ってますよ」「あらそう？　ありがと。うふ」

気持ち悪い笑みを浮かべるメイド服姿のリズネットに引きながらも青年は声を落とす。

「こほんっ……そういえば、聞きました？　妙な噂について――」チラッと外を窺う。

いつもの閑散（かんさん）とした農業都市の昼下がり、人通りはなく聞き耳を立てられる恐れもない。

ちなみに、呪具屋は現在フルオープン状態。ただでさえ怖（こわ）い見た目の呪具屋だ。ゲイルは見た目と、笑うしゃれこうべ型のドアベルなどに拘（こだわ）ってこの辺の配慮（はいりょ）ができていないのだが……ゲイル不在の今、リズの発案で扉（とびら）を開けておいたのである。このほうが、お客さんが入りやすいだろうという配慮——暗殺者としての心理面を逆利用した形だ。

「噂？……もう、私たちはギルドの人間じゃないのよ、そういうのはよしなさいって」

「はは、癖（くせ）みたいなもんですね——ですが、一応お耳に入れておいた方がと思って……」

ヒソヒソ
「実は王都とここを行き来する飛脚（ひきゃく）から聞いたのですが、」「飛脚——あぁ早馬のことね」

その間もリズネットは呪具を手入れする手を止めない。……確かに慣れたものだ。

暗殺、侵入、誘拐（ゆうかい）に隠（いん）ぺい工作——どれもこれも繊細（せんさい）さと大胆（だいたん）さが必要だ。……つまり、元暗殺者のリズネットに呪具屋は天職かもしれないということ。そうして工具を使って、脱穀機の動力源の蓋（ふた）を開ければ、中には弱々しく動くアンデッドが一匹（ぴき）……。

コカカ、カ……。ふむ。どうやら長時間の陽光下での使用に、大分弱っているようだ。

アンデッドは不死身ではあるが、陽光が苦手な者が多い。それに、不死ではあるが、無敵ではない。……倒せば、あっさりと動かなくなるので、定期的にメンテナンスをしてやる必要がある。ゲイルの開発したこれら自動型農具は、アンデッドを動力源としているが、一々丸っとアンデッドを入れ替えることなく、なんと新鮮なアンデッドの頭部を挿げ替えてやるだけで継続使用可能な優れものだ。さらに、挿げ替えた頭部も、ゲイルに預けておけば再利用可能だというのだから環境（?）にも優しいエコ仕様。

　もっとも、アンデッドを倒さずに頭部だけ持ち帰るような芸当は、中々難しいので目下のところゲイルにしかできないため交換は呪具屋だけに限定されている。

「はい。そいつは、何かの調整のためか、ここ数日何度も王都を往復しているみたいなんですが……その途上で、街道上を進む、長大な馬車列を見たそうですよ。進行方向からみても目的地は間違いなく農業都市だったそうです」

「……ふ～ん？　それが？　ただの隊商なんじゃないの？」

　大規模というのが腑に落ちないが、最近の農業都市の発展ぶりは目覚ましい。収穫もかなりの量になることが予想される。……それを見越しての輸入業者なのではなかろうか？

「いえ、それが――」「なによ、勿体つけて」

　カチャカチャ――。ケタケタ笑うスケルトンの頭部を外して新品（?）と交換を終えるリズネット。仕上げとばかりにパシンッと頭部を叩いてやると、楽し気に笑い出す。うん、いい感じだ。試運転すると快調に動き始める自動脱穀機。

「うん、完璧」「――ほー……！　リズさんも、すっかり呪具屋の店員ですね」

「ゲイル様の指導の賜物よ。手とり足とり、あんなことやこんなことまで、きゃ♡」

「そういう艶っぽいことが一切ないのは皆知ってますからね。で、例の車列なんですが」

交換した、古い頭部は、墓所深部の土や棺で作った保管箱に収めておくのだ。

これでしばらくすると、また元気（？）に動き始めるんだそうだ。コ、カカ――……。

「はいはい、今入れますからねー」

弱弱しく笑うスケルトンの頭部を優し気に抱くリズネットがそれを箱に収めようと――。

「――王家の旗を掲げていたそうです」カシャーン！

「うわ！　大丈夫ですか?!　な、なんか落としたしゃれこうべが無表情ながら、『なんでえ?!』って顔してますよ?!」

「………王家だと？」

「え？　あ、はい。どうやら、王族のようです。近衛騎士に神殿騎士も確認できたとか」

ど、どういうこと？　こんな田舎に王族ですって？……しかも、神殿騎士団付き。落としたスケルトンの頭部を冷たく見下ろすリズネット。神殿騎士とアンデッドとくれば……。

「……ちょっと、嫌な予感がするわね」「え？　そうですか？　ただの視察なんじゃ――」

ふん。馬鹿め。誰がこんな田舎に、視察など来るものか。

「こちとら、まだまだ嗅覚は劣っていないわよ。そうね……念のため――」

ガヤガヤ！　ガヤガヤガヤ!!

「ちッ」――こんな時に客……？

にわかに騒がしくなる周囲にリズネットが面倒そうな顔をする。どうも、声と足音から、かなりの規模の集団が昼下がりの商業地区にやってきたようだ。農夫が作業を終えて戻ってくる時間にしては早すぎる。そもそも、ゲイルの呪具屋はそこまで繁盛していない――。

「（キャー！　すごいすごい！　見て見て、ビビアンあれぇ！）」

「（どこがすごいんですか……。悪趣味な。おい、その辺の街燈をすべて切り倒せ。骨だの生首だのぶっ刺して、街の景観も何もなかろう）」

ん、んんー？　なんだろう、すさまじく嫌な予感が――。

「（ちょちょちょ！　何考えてんのよ、アンタぁぁ！　公共物よ、公共物！　全部、鍛冶ギルドと共同で作ったものだって聞いたわよ）」

「（は～？　何言ってんですか、神殿騎士の皆さんもドン引きしてますよ？　ほらぁ）」

なに?!　も、もう、神殿騎士がここに?!　思わず、ドア前に飛び出し、そっと後ろ手に入口を閉めるリズネット。無駄な抵抗とは知りつつも、少しでも人目を――。

「（おぇぇ、ひどい呪いの数だ！　何なのだこの街は！　なぜ皆平気な顔をしている?!）」

「(隊長まずいです！　王都の墓所を遥かに上回る瘴気に満ちていますよ。この街は！)」

ドタバタドタ！

「――もう来たっての?!」

リズネットの優れた聴覚が神殿騎士たちの会話を拾う。まずいことに王家との関係に腐心しているという噂を聞く教会の走狗――神殿騎士団が、わらわらといるではないか。近衛騎士の姿も見えるし、しかも、なんだか段々こっちに近づいてくる――くっ。

「(わ、我々は王都の教会に連絡し、増援を呼びます！　ビビアン殿は警戒を怠らないよう！　ええぃ、急げ！　残りの者はここの地区長を呼び出せ！――まったく、奴等今まで何をしていたんだ！　何かが……何かが起こっているぞ、この都市でッ!!)」

わーわーわー！　パカラパカラッ！　馬首を巡らせると大慌てで去っていく神殿騎士達。

「アンタたち」「――承知ッ」

その様子を見ていたリズネットが小さく指示を飛ばすと、皆まで言わずともコクリと頷き察した仲間たちは、シュンシュン！　と、まるで風吹く影のように音もなく散っていく。

それを見るともなしに見つつ、向かい来る連中の動向を窺うリズネット――。

「(なんなのよ、アイツらぁ……。ま～ったく、無理矢理護衛についてきたかと思えば、無礼な連中ねー。失礼しちゃう)」

「（いやいや正常な反応かと――。だいたいこの街、ちょっとおかしいですよ？　生首ぶっ刺した街燈にスケルトン入りの農機具やら禍々しい鎌を持ち歩いている農夫やら……）」

つかつかつか――。なに、こ、こっちに来る⁉……ええい、ままよ！

「私はリズ。呪具屋の店員リズ――――！」

そう自分に暗示をかけていく。そうして、どんな客が来ようと完璧に――。

「（何言ってんのよ、これがいいんじゃなーい！　どれも素敵だわー。このデザイン。間違いなく彼よ。うふ。しかも機能的でもあるだなんて！　やっぱりここにいるのね――）」

そう――。ガチャ‼

「――ゲイル様が！…………って、あれ？」「い、いらっしゃ…………って、」

――こ、こいつはぁぁあ⁉　勢いよく店を開けたそいつの顔を見て硬直するリズネット。

なぜなら……。なぜなら――――！

「お、お、お、女ぁぁぁあああ⁉」「か、か、か、カーラぁぁぁあああああ⁉」

……かつてのターゲット、カーラ姫がそこにいたのだから。

※　※　※

「だぁぁぁもーーーーーーーーー！」

あはははは！

「笑い事じゃないわよぉぉ！」「大丈夫だって、コツが分かって来たからぁ」

ゲラゲラと笑うゲイルと涙目になってそれにしがみつく、モーラ達。途中で何度も墜落し、何度も激突し、そのたびにゲイルが持っていた呪具の防御力上昇だの何だのでごまかし誤魔化し致命傷を避けてきたがもう限界――――!!

「いよぉぉおおお、着地ぃぃい！」「「それは墜落ぅぅう！」」

――ドッカァッアアアン!!　目指す店の前になんとか着陸（？）したゲイル達であったがモーラ達は色々汁だらけになってぐったり。ゲイルだけ上機嫌で羽をしまうのであった。

「いやー飛ぶって楽しいな」「ウ、ウチは二度と飛ばんでぇ」「おえ、吐く、はいちゃう」

おろろろろろ……。

「うぅ、幸いにも誰にも見られませんでしたが――……とほほ」

ガックシ項垂れるモーラ達と対照的に、いかにも楽し気にバレリーナのようにクルクル回りながら呪具屋の戸を潜るゲイルなのであった。素材はいくつか落としたけど、まだまだたっぷり！　そしてなにより、これ！　魔王シリーズの最新作をゲットだぜぇぇえ!!

「ただいまー、リーズ――――!!」どっすぅぅうううううう!!

「ごっふぉぉぉおおお！」

逆「く」の字に曲がったゲイルの腰。笑顔のまま吐血して、バッタリと倒れるとピクリともしない――。こうして、ダークネスフォレストでも、魔王城地下ダンジョンでも、フォート・ラグダからも無事に帰ってきたゲイルは、なぜか、家の前で悶絶する羽目に……。

「がくっ」

享年統一暦3……って、

「な、なにすんだよ、リズ――……って、あれ?」

ふるふるふる。何かが腰に抱き着き、離れない。しかも、リズかと思えば、当の本人はすっごい嫌そうな顔をしながら、ゲイルの視線の先で警戒心をあらわにして、硬直しているではないか――。

え? えええ? じゃ、これ誰――……。

え?

「ど、ど、ど、どういう状況ぉぉぉおおおおおおお?!」

――がばっ!!

「うわ、ちょ!」「ようやく……」

ようやく――! 感極まったような表情でゲイルを見上げる女の子。って、

「……へ? へ? へ?」

なに、だれだれ? 誰これ、怖い!! 誰なの、この可愛い子――。

あと、誰よ?!　さっきから、なんか俺のクビに剣（けん）を突（つ）き付けてくる人ぉぉお————。

「貴様、姫から離れろッッ！」「いや、知らんわ!!」

むしろ、そっちが離れろッ！

え？　なに？　強盗（ごうとう）?!　これ強盗ですかぁぁぁ?!　呪具屋人気のせいで強盗ぉぉおお?!

「誰かへるぷみー……」

ぐわしっ!!

「ようやく……」

よーーーーーーやく、

「——ようやくお会いできましたわね、ゲイル・ハミルトーーーンっっ！」ババーーン!!

……ゲイル・ハミルトン。無事帰還（きかん）——しかし帰って早々、呪具屋にはさらなる珍客（ちんきゃく）が舞い込んできたのであった——。

4巻、完

あとがき

拝啓、読者の皆様。

皆様、まずは本書をお手に取っていただきありがとうございます。また、1～3巻に引き続いて、4巻を手に取ってくだった方、ありがとうございます。本作はお楽しみいただけたでしょうか？　少しでもお楽しみいただけていれば作者として無上の喜びです。

本作は、Ｗｅｂ版にはない、完全書下ろしです!!

3巻に続き、Ｗｅｂなしの書き下ろしは大変苦労しましたが、同時に原稿を仕上げた感動はまたひとしおです。それもひとえに応援してくださった皆々様のおかげであると思い、大感謝の気持ちでいっぱいです。今後ともよろしくお願いします。

さて、本作品について少し。

4巻では、呪具師としての実力を認められ始めたゲイルでしたが、それは同時に様々な勢力がゲイルの実力に気付き始めたということでもあります。

そして、いち早くその実力に気付いたギムリーによって、彼女等一族が背負う原罪ともいうべき、魔王シリーズの呪いを解呪するために隠し里にまで案内されたところから物語は始まります。

もちろん、かつて魔王城があった森や敷地内で何も起こらないはずがなく、またダークエルフにも様々な思惑があり、望む臨まざるを得ず、ゲイルとその仲間たちは巻き込まれていきます。しかし、そこはゲイル、ここにもゲイル！　こういう時こそゲイルです。相変わらずのマイペースかつ独特のセンスと価値観で、魔王シリーズに挑む（？）ゲイルが巻き起こす騒動が物語をさらなる深みへと誘っていきます。


古代竜、魔王シリーズ、ダークエルフの一族。

揃いも揃って最恐かつ最強クラスが続々と登場する本書！

ゲイル達の命運やいかに――……といいつつも、ゲイルは圧倒的空気の読めなさと、色々な意味で圧倒される呪具師としての能力と呪具で危機（？）を乗り越えていくに違いありません！

そんな内容がギュッとつまった本書ですが、手に取っていただき、確かめていただければ幸いです。

それでは、本作に置いてのゲイル達の活躍は、本編にてお楽しみください!!


そして、次巻が出るとすれば、ゲイルの飛んでも具合がさらにさらにパワーアップしつつ、出そろいつつある大物がどうれだけゲイルや世界に影響を与えるのか、是非とも、見ていただきたく思います。

それではこの辺で――物語はまだまだ始まったばかりです。ぜひとも、今後とも応援のほどよろしくお願いします。

最後に、本書編集してくださった校正の方、編集者さま、出版社さま、そして美麗なイラストで作品に仕上げてくださいました吉武先生、本書を取り扱ってくださる書店の方々、そして本書を購入してくださった読者の皆様、誠にありがとうございます。御礼をもってご挨拶とさせてください。本当にありがとうございます!

敬具。


追記。

なんと、この作品。コミカライズしております‼　驚異的な売り上げぇぇぇぇ！　とのことで、原作者としては感無量です。

出版社は講談社さま。ヤンマガＷｅｂ発からとなります！

是非とも、小説、コミックともどもお手に取っていただき、ゲイルとモーラ、そしてたくさんのキャラクターの活躍を流麗なイラストとともに没頭してください。私も絶賛没頭中です！

それでは、作中の中でゲイルの活躍をぜひともご覧いただきたく思います！

コミックも小説ともども絶対に損はさせないので、お手に取っていただければ幸いです。

次巻以降でまたお会いしましょう！

読者の皆様に最大限の感謝をこめて、　吉日

HJ NOVELS
HJN63-04

Sランクパーティから解雇された【呪具師】4
～『呪いのアイテム』しか作れませんが、その性能はアーティファクト級なり……！～

2024年7月19日　初版発行

著者——LA軍　イラスト——吉武
キャラクター原案——小川 錦

発行者—松下大介
発行所—株式会社ホビージャパン
〒151-0053
東京都渋谷区代々木2-15-8
電話　03(5304)7604（編集）
03(5304)9112（営業）

印刷所——大日本印刷株式会社

装丁——AFTERGLOW／株式会社エストール

ISBN978-4-7986-3591-0　C0076